Marie Sophie Schwartz

Die Schwägerinnen

Ein Roman. Erster Band

Marie Sophie Schwartz

Die Schwägerinnen
Ein Roman. Erster Band

ISBN/EAN: 9783744608022

Hergestellt in Europa, USA, Kanada, Australien, Japan

Cover: Foto ©Andreas Hilbeck / pixelio.de

Weitere Bücher finden Sie auf **www.hansebooks.com**

Die Schwägerinnen.

Erster Band.

Die Schwägerinnen.

Roman

von

Marie Sophie Schwartz.

Nach dem schwedischen Original-Manuscript
ins Deutsche übertragen und bearbeitet

von

J. N. Heynrichs.

Erster Band.

Berlin.
Verlag von Otto Janke.

Erstes Capitel.

Die Tochter des Hüttenbesitzers Peter Roman hatte Hochzeit.

In der Stadt X. herrschte in Folge dieses Ereignisses große Bewegung, sowohl bei denen, die als Zeugen geladen waren, als bei denen, die sich begnügen mußten, die Braut aus der Ferne zu betrachten.

In einem glänzend erleuchteten Saale, umgeben von ihren Gespielinnen und Brautjungfrauen stand die achtzehnjährige Esther Roman, schön und glücklich, — glücklich, wie ein Weib sein muß, welches die Liebe zum Brautaltare führt. Aus jedem ihrer Blicke strahlte das Bewußtsein, schön, reich und geliebt zu sein.

Sie hatte keine Ahnung davon, daß zwischen den Rosen auf ihrem Lebenswege auch Dornen verborgen sein könnten.

Unter den Zuschauern befand sich ein bleicher junger Mann. Er hielt sich hinter den Anderen, um sich vor den Augen der Braut zu verbergen, die er selbst mit leidenschaftlich glänzenden Augen betrachtete.

Er folgte jeder ihrer Bewegungen. Dann wandte er sich um und entfloh dem ihm qualvollen Anblick.

Unten auf der Straße setzte er sich auf einen Stein neben dem Thorweg. Das Haupt in die Hand stützend, saß er unbeweglich. Wer ihn ansah, hätte vermuthen können, daß er weinte. Aber es sah ihn Niemand an; die Vorübergehenden hatten Wichtigeres zu beobachten.

Zu Fuß und zu Wagen kamen die Hochzeitsgäste — der Jüngling achtete ihrer nicht.

Die grauen Herbstwolken, welche über der Stadt lagen, lösten sich in Regen auf, aber der Jüngling blieb sitzen, gefühllos für Alles, was rings um ihn vorging.

Wir verzichten vorläufig darauf, zu erforschen, was sein Inneres bewegte und verlassen ihn, um den Gästen in das Hochzeitshaus zu folgen.

Man hätte kaum glauben sollen, daß man sich in einer kleinen Stadt befand, so glänzend war die Beleuchtung, solchen Luxus entfalteten die Damen in ihrer Toilette.

Der Prediger nahm seinen Platz hinter den verhängnißvollen Kniebänken ein; Braut und Bräutigam nahten sich ihm.

Wer schöner von Beiden, war unmöglich zu entscheiden.

Der Bergwerksbesitzer Erik Malmberg war eine ungewöhnlich einnehmende und stattliche Erscheinung. Kein Wunder daher, daß ihn Esther allen andern Freiern vorgezogen hatte. Stolz und Glück sprachen aus ihrem Auge, als sie an seiner Seite stand.

Der Prediger begann. Als der Bräutigam seinen Ring übergeben sollte, fand er ihn nicht. Einen Augenblick wurde die heilige Handlung unterbrochen. Dann zog er einen andern Ring vom kleinen Finger der linken Hand und ließ ihn die Stelle des vergessenen Trauringes einnehmen.

„Amen" sprach der Prediger und das Paar war auf ewig verbunden.

Der Zwischenfall mit dem Trauringe hatte das Lächeln von Esthers Lippen verjagt. Sie war niedergeschlagen

1*

und zagend nahm sie die Glückwünsche der Freunde und Bekannten entgegen.

Der Ring, welcher die Stelle des verlorenen Trauringes eingenommen hatte, brannte an ihrem Finger. Er umfaßte eine Perle von hohem Werthe und Perlen bedeuten Thränen. Esther hätte weinen mögen.

Fräulein Manuella Blixt, eine Cousine ihrer verstorbenen Mutter umarmte sie. Die Augen der alten Dame schwammen in Thränen. Mit feierlichem Ernst und würdevoller Stimme flüsterte sie der Braut zu:

„Gott beschütze Dich, armes Kind!" Gleichzeitig drückte sie ein Stück Papier in Esthers Hand und fügte laut hinzu:

„Lies dies, wenn Du allein bist."

Esther steckte den Zettel, ohne ihm irgend welche Bedeutung beizulegen, weg. Sie wußte, daß die alte Tante sich gern in irgend einer Weise hervorzuthun und eine Rolle zu spielen suchte. Sie war daher überzeugt, daß der Zettel einige werthvolle Rathschläge und Warnungen enthielt, welche Tante Manuella zu ihrer besonderen Erbauung zu Papier gebracht hatte.

Sobald der Tanz begann, minderte sich Esthers

Niedergeschlagenheit; bald strahlte sie vor Freude. — Sie tanzte den ersten Walzer mit ihrem Gatten und fühlte sich überglücklich dabei.

Jede Hochzeit nimmt ein Ende, mag sie noch so fröhlich sein; so auch Esthers.

Halb zwei Uhr Nachts hob Erik Malmberg seine junge Gattin in den Wagen, der sie aus ihrer alten Heimath in die neue, nach dem Hüttenwerk Lybo, eine Viertelstunde von der Stadt entfernt, führen sollte.

Erik hatte die Begleitung der Brautjungfrauen und Marschälle verboten. Allein, ohne jedwedes Gefolge wollte er Esther in ihre gemeinsame Wohnung einführen.

In dem Augenblicke, in welchem der Wagen aus dem Hochzeitshause rollte, sprang der Jüngling, der auf dem Stein am Thore gesessen, auf, als wollte er sich vor die Pferde werfen. Aber er bewirkte nur, daß sie mit größerer Geschwindigkeit davoneilten.

„Was thust Du hier?" fragte ein breitschultriger Mann, der gleichzeitig aus dem Hause trat.

Dabei legte er seine Hand auf des Jünglings Schulter.

„Was mischt Ihr Euch in meine Angelegenheiten, Onkel Gunnar!" entgegnete der Jüngling.

„Ich denke nicht daran, mich in Deine Angelegenheiten zu mischen, aber ich möchte Deine Mutter vor
neuem Kummer behüten. Du bist ein undankbarer Mensch
und nicht werth, ihr Sohn zu heißen, wenn Du Dich
so beträgst, wie Du eben gethan.

„Ich bin nicht undankbar, Onkel, aber unglücklich,
entgegnete traurig der Jüngling. Ich habe nicht den
Muth, ein Leben ohne Hoffnung, ohne Freude zu ertragen.

„So! Wenn Deine Mutter gedacht hätte, wie Du,
dann würde sie schon lange dem ihrigen ein Ende gemacht
haben. Geh heim, Kind und suche einen bessern Weg,
um Dich mit Deinem Schicksal auszusöhnen, als der ist,
den Du eben einschlagen wolltest."

Der Jüngling bewegte sich nicht von der Stelle.

„Geh, sage ich, wiederholte der Mann mit so ein-
dringlichem Ernste, daß sein Wort unwiderstehlich schien.
Der Jüngling gehorchte der Aufforderung.

„Ja, ich will gehen. Möge Gott und sie mir
verzeihen."

Mann und Jüngling schieden von einander.

Zweites Capitel.

Die ganze obere Etage des Herrenhauses auf Lybo war glänzend erleuchtet und die festlich gekleidete Dienerschaft erwartete die junge Herrschaft.

Die Fabrikuhr verkündete, daß die zweite Stunde des grauenden Tages verflossen war, als die herrschaftliche Equipage heranrollte und an der großen Freitreppe hielt.

Erik hob seine junge Frau aus dem Wagen und eilte mit ihr die Treppe hinauf, ohne mit Wort oder Blick die Begrüßungen der Dienerschaft zu beantworten.

Es drängte ihn, sie so schnell wie möglich in ihre neue Heimath einzuführen und sie den neugierigen Blicken zu entziehen.

Erik nahm ihren Ueberwurf ab und der Diener öffnete die Thür eines großen Saals, in welchen die Ehegatten eintraten.

Der Saal war nicht leer. In der Mitte desselben und stark beleuchtet von den zahlreichen Kerzen des Kronenleuchters stand in Trauerkleidern ein junges bleiches Weib. An der Hand hielt sie ein kleines, gleichfalls schwarz gekleidetes Mädchen.

Esther schrak bei diesem unerwarteten Anblick zurück und warf erst auf die Frau, dann auf ihren Mann einen fragenden Blick.

„Die Schwester meiner Stiefmutter, Fanny Malmberg," sagte Erik, indem er die junge Dame vorstellte, „und", fügte er nach einer kurzen Pause hinzu, „gleichzeitig Wittwe meines Bruders Magnus, der vor wenigen Monaten gestorben ist. Du wirst Dich erinnern, Esther, daß ich Dir mitgetheilt habe, wie Nanny durch Trauer verhindert gewesen, auf unserer Hochzeit zu erscheinen.

Allerdings gedachte jetzt Esther alles dessen, was ihrem Gedächtniß bei der Aufregung der letzten Wochen fast vollkommen entfallen war. Sie hatte ja ihre Zustimmung dazu gegeben, daß Magnus' Wittwe in ihrem Hause wohnte. Mit einigen theilnehmenden Worten reichte sie der schwarz gekleideten Verwandten ihre Hand.

Frau Nanny Malmberg erwiederte die freundliche

Begrüßung in verbindlicher Weise, wünschte dem jungen
Paare von Herzen Glück und Segen und entfernte sich
kurz darauf.

Ein unangenehmes Gefühl beschlich Esthers Herz.
Es war dasselbe Gefühl, das sie empfunden, als der Ring
mit der Perle an ihren Finger gesteckt wurde.

Erik küßte seiner Gattin Hand und führte sie in ein
freundliches Boudoir, in welchem das Kammermädchen
ihrer wartete. Er zog sich darauf zurück, damit Esther
unter dem Beistande des Mädchens sich ihrer Hochzeits-
kleider entledigen könnte.

Die Augen auf ihr Bild im Spiegel heftend zog
Esther mechanisch die Handschuhe aus. Ein zerknittertes
Stück Papier fiel zu Boden. Es war Tante Manuella's
Billet. Das Kammermädchen nahm es auf und übergab
es ihrer Herrin. Fast gedankenlos entfaltete Esther das-
selbe, aber ihre Aufmerksamkeit wurde im höchsten Grade
gefesselt, als nicht Tante Manuella's, sondern ihres Gatten
Erik Schriftzüge ihr entgegen traten. Mit bleichem
Antlitz hatte sie das Briefchen überflogen, dann befahl
sie dem Mädchen, sofort ihren Gatten herbeizurufen.

Erik trat ein; Esther entließ das Mädchen, welches verwundert gehorchte.

Ohne ein Wort zu sagen, überreichte die junge Frau ihrem Gatten das Papier; dann schwankte sie zum Sopha und brach in Thränen aus.

Erik wechselte die Farbe, als sein Blick auf die von ihm selbst geschriebenen Zeilen fiel. Ihr Wortlaut war folgender:

„Theurer Schwiegervater!

Ohne Bedingung gehe ich auf Ihren Wunsch ein, daß die Hälfte von Esthers Vermögen nicht in meine Hände gelangt. Morgen komme ich zur Stadt, um die Schriftstücke zu unterzeichnen, die Sie bis dahin wohl geordnet haben werden. Daß Sie bis zu einem gewissen Grade Mißtrauen gegen den Mann hegen, der sich ohne Liebe mit Ihrer Tochter verbindet, ist natürlich; aber der Umstand, daß ich Ihnen dies offen eingestand, als Sie mich fragten, ob ich Esther zur Frau haben wollte, sollte Ihnen beweisen, daß ich ehrlich handle. Ohne eigenes Verschulden bin ich dem Untergange nahe gebracht, und Sie sind mein Retter, indem Sie mir Ihre Tochter geben. In Bezug auf Esthers Vermögen ist

Ihr Wille auch der Meine. Ich hoffe mit dem Theil Ihres Capitals, über welchen ich zu verfügen habe, meine Geschäfte so ordnen zu können, daß Lybo wieder gleiche Einkünfte gewährt, wie es früher der Fall gewesen ist.

Wenn ich auch ohne Liebe Esthers Schicksal mit dem meinigen verbinde, so thue ich es doch mit dem festen Vorsatz, sie glücklich zu machen. Das Zusammenleben mit ihr wird mich lehren, sie zu lieben und ich bin überzeugt, daß Sie nie Grund haben werden, Ihren Edelmuth gegen mich zu bereuen.

Ihr ergebener Schwiegersohn
Erik Malmberg.

Der Brief war von Lybo aus und wenige Tage vor der Hochzeit geschrieben.

„Hat Dir Dein Vater diesen Brief gegeben?" fragte Erik.

Esther sprang auf, ergriff ihres Mannes Arm und rief heftig:

„So ist es also wahr, daß Du mich betrogen hast, und ich Unglückselige, ich liebe Dich so sehr. Nicht einen Augenblick länger bleibe ich hier. Heim will ich zu meinem Vater und Gott und Menschen klagen, wie schändlich ich betrogen bin."

Esther eilte zur Thür. Erik aber faßte ihre Hand.

„Ich muß Dich daran erinnern, daß Du meine Gattin bist, sagte er bestimmt. Ob uns Liebe oder Freundschaft oder Berechnung zusammengeführt hat, so sind wir doch untrennbar verbunden und Du darfst dieses Haus nicht mehr verlassen. Darum versuche es, mich ruhig anzuhören."

Erik zwang Esther, ihren Platz auf dem Sopha wieder einzunehmen. Sie ließ es willenlos geschehen. Die vorher gezeigte Heftigkeit schien alle ihre Kraft verzehrt zu haben.

Stillschweigen herrschte.

„Ich kenne wenig Frauen, die in höherem Grade verdienten, geliebt zu werden, als Du, Esther," begann Erik. „Dessenungeachtet gestehe ich, nachdem Du diesen Brief gelesen hast, daß es nicht Liebe war, was mich mit Dir verbunden hat. Ich war gezwungen, eine gute Parthie zu machen. Du warst reich und Dein Vater sagte mir, daß ich Deine Zuneigung gewonnen hätte. Ich warb um Dich und Du gabst Dein „Ja."

„Berechnung war es, Eigennuß, was Dich bewog, zu mir von Liebe zu reden, rief Esther mit blitzenden Augen."

„Ja, im Anfang war es reine Verstandessache, aber als ich Dich näher kennen lernte, da fand ich, daß, wenn es überhaupt für mich möglich ist, noch einmal zu lieben, Du die einzige bist, die es vermag, diesem Herzen warmes Fühlen, wahre Liebe einzuflößen, Du, der ich in jeder Beziehung durch innigste Dankbarkeit verbunden bin. — Und nun Esther, versuche zu vergessen, zu verzeihen, sei mir freundlich gesinnt, und ich will Alles aufbieten, Deine Wünsche zu errathen, zu erfüllen und einzig Deinem Glück zu leben."

Esther antwortete nicht. Sie saß unbeweglich und starrte den Mann an, der sie so bitter getäuscht. Sie wünschte von der Erde verschwinden zu können, so unglücklich erschien sie sich selbst; sie wünschte wenigstens seines Anblickes enthoben zu sein, dem entfliehen zu können, der seit wenigen Stunden ihr Gatte war. Bitterkeit erfüllte ihr Herz, Bitterkeit gegen den, welchen sie vor kurzen Augenblicken noch unsäglich verehrt hatte. Sie wollte, sie konnte nicht vergessen. Sie wollte am nächsten Morgen mit ihrem Vater reden, ihm ihr Leid klagen und die Nothwendigkeit erweisen, den eben ge- schlossenen Bund wieder aufzulösen.

Erik betrachtete seine schweigende Gattin und da ihre Lippen geschlossen blieben, äußerte er:

„Du willst mir also nicht verzeihen, Esther?"

„Ich kann es nicht!"

„Dann beklage ich uns beide, sagte er und stand auf. Aber glaube nicht, daß ich je in die Lösung unserer Ehe einwillige. Du mußt mein Weib verbleiben, und solltest Du mich hassen, bleibst Du es. — Nun gute Nacht, Esther. Die Nacht wird Deine Gefühle mildern und Dich Deinem Manne gegenüber nachsichtiger machen."

Er wollte ihre Hand küssen; sie aber stieß ihn mit Abscheu von sich.

Erik entfernte sich.

Esther überließ sich neuen und heftigen Ausbrüchen des Schmerzes.

Sie, ein Schooßkind des Glückes, die sich nicht erinnern konnte, je einen Wunsch gehabt zu haben, der nicht erfüllt worden wäre, sah sich nun alles Lebensglückes beraubt. Zu plötzlich und unvorbereitet hatte sie dieser

Schlag getroffen. Sie hatte nie ein Leid zu tragen gehabt. Unbekannt war sie mit dem Schmerz und daher um so weniger im Stande, ihn zu erdulden.

Sie dachte an keinen Versuch, sich zu beruhigen, oder an demüthige Ergebung in ihr Schicksal. Nur Eines war ihr klar, daß sie sich rächen wollte an dem, der ihr so viel Böses zugefügt.

Die Nacht verging, ohne daß sie die Augen schloß, und der Morgen fand Esther noch im Hochzeitskleide.

Ein leises Klopfen weckte sie aus dem leidvollen Hinbrüten, in das sie versunken war.

Sie mußte öffnen, denn das Klopfen wiederholte sich ein, zwei, drei Male.

Sie schob den Riegel zurück und vor ihr stand ihr Vater.

Er schien nicht überrascht, sie noch so angekleidet zu finden, wie sie sein Haus verlassen hatte.

Esther warf sich an seine Brust und rief schluchzend:

„O mein Vater, wie konntest Du mich so verrathen, so mitwirken zu meinem Elend?! Ich bin die beklagenswertheste der Frauen. Nimm mich mit, nur weg, nur weg von hier."

„Du bist eine kleine Närrin, liebe Esther, und ich bin auf den Wunsch Deines Mannes gekommen, um Dich zu Vernunft und Besinnung zu bringen."

Er nahm ihr Haupt in seine Hände und küßte ihre verweinten Augen.

„Setz' Dich auf mein Knie, Kind," sagte er „da wollen wir mit einander reden, und ich hoffe, es glückt mir, Dich wie sonst, zufrieden und glücklich zu machen."

Esther schüttelte ihr schönes Haupt. Der Vater zog sie nieder auf sein Knie.

„Nun, mein Kind, weshalb soll ich Dich von hier fortführen?"

„Weil Tante Manuella mir einen Brief gegeben hat, worin Dir Erik schreibt, daß er mich nicht liebt, und weil Erik mir selbst gestanden hat, daß dem so ist, daß . . . ."

„Das war sehr thöricht von ihm. Er hätte den Brief ableugnen sollen. Ich hätte in seiner Stelle so gethan. Aber, meine liebe kleine Esther, um solcher Kleinigkeit willen entläuft man seinem Manne nicht."

„Das nennst Du Kleinigkeit, daß er mich nicht liebt, daß mein Vater sein Kind einem Menschen giebt, der

Liebe heuchelt," rief Esther aus und schlug die Hände zusammen. „Hältst Du es für möglich, daß ich nur einen einzigen Augenblick fröhlich sein kann, die ich ihm mein ganzes Herz gegeben und nichts, auch gar nichts dafür erhalten habe." — Esthers Stimme erstickte unter Schluchzen.

„Ich hoffe, daß Du mit Deinem Manne recht glücklich werden wirst, so glücklich, wie Deine Mutter es mit mir war; und doch, mein Kind, heirathete ich sie aus denselben Gründen, aus denen Erik Malmberg Dich geheirathet hat."

„Des Geldes wegen?"

„Gewiß. Ich brauchte Vermögen; sie besaß es, und ich warb um sie. Nachdem wir verheirathet waren, that ich Alles, um sie glücklich zu machen...."

„Ohne Liebe," unterbrach ihn Esther; „ich vermag mir solches Glück nicht zu denken."

„Auch Deine Mutter würde es nicht vermocht haben, wenn man davon zu ihr gesprochen hätte, und doch wurde sie glücklich und lehrte mich, sie zu lieben."

Roman schwieg. Esther schlang die Arme um seinen Hals und dachte:

„Wäre es mir möglich, die Liebe zu gewinnen, deren Mangel ich jetzt so schmerzlich beweine?"

Einen Augenblick schwanden die bitteren Gefühle aus ihrem Herzen; sie dachte daran, Alles thun zu wollen, um geliebt zu werden. Aber im nächsten Augenblicke erkannte sie klar, daß sie niemals dem vergeben könnte, der ihr Liebe geheuchelt hatte.

Das junge Weib war nicht so erzogen worden, um den Werth der Selbstaufopferung zu schätzen; ihr mangelte die Demuth, um mit Geduld die Prüfungen des Lebens zu ertragen und siegreich aus ihnen hervorzugehen.

Vielleicht hatte der Vater dies auch erkannt, als er sie kurze Zeit darauf verließ.

Drittes Capitel.

Wir kehren wieder zur Hochzeitsnacht zurück und suchen ein kleines Haus in einer abgelegenen Straße der Stadt X. auf.

Es hatte drei Uhr geschlagen, als ein junger Mann die Thür öffnete und in ein großes Zimmer im Erdgeschoß eintrat. Eine ältliche Frau saß darin und arbeitete beim Schein einer kleinen Lampe.

Sie erhob den Kopf, blickte lange auf den Jüngling und sagte:

„Kommst Du von der Hochzeit? Es ist ja sehr spät geworden. Aber Du bist vollkommen durchnäßt, mein armer Andreas.“

Andreas ging auf die Sprecherin zu.

Mutter und Sohn blickten stumm einander an.

„Ich konnte nicht mit dabei sein,“ sagte der Sohn,

2*

nach längerem Schweigen. „Ich stand außen auf der Straße.“

„Und warum?“ fragte die Mutter, ohne den Blick von des Sohnes Antlitz zu wenden.

„Weil es meine Absicht war, den Hochzeitswagen über meinen Kopf wegrollen zu lassen.“

„Aber so feig konntest Du nicht sein, Andreas, Du hättest Dich nicht als mein Sohn gezeigt.“

Der Ton, mit welchem die Mutter sprach, war ruhig, aber in ihrem Auge zitterte die Bewegung, welche die Worte des Sohnes in ihr hervorgebracht hatten.

Andreas kniete nieder und schlang die Arme um der Mutter Leib.

„Ich bin nicht werth, Dein Sohn zu heißen,“ sagte er, „was soll ich thun, um sie zu vergessen, um Deine Verzeihung zu gewinnen, Mutter?“

„Arbeiten,“ flüsterte die Mutter und drückte sein Haupt an ihre Brust. „Das habe ich gethan, als mich der Schmerz heimsuchte. Thue Du dasselbe, Sohn. Die Arbeit lehrt uns die Prüfung tragen.“

Stille herrschte im Zimmer.

Der Jüngling weinte; sein Angesicht war in der

Mutter Schooß verborgen. So hatte er oft geweint in seinen Kinderjahren Sie störte ihn nicht, sie versuchte nicht, ihn zu trösten, oder seinen Schmerz zu lindern. Wie wenig vermag das Wort bei solchen Anlässen. Erst als er ruhiger geworden, strich sie sanft mit der Hand über sein Haupt und sagte:

„Steh auf und setz Dich mir gegenüber, dann wollen wir reden. Ich habe Dir einen Vorschlag zu machen. Esther ist verheirathet und für Dich verloren. Es ist Zeit, daß Du zu Deinen Studien zurückkehrst. Du bist Candidat der Medicin. Deine Liebe hat Dich abgehalten, den eingeschlagenen Weg fortzusetzen; Du wolltest versuchen, ein anderes Ziel zu erreichen. Du mußt nun schlüssig werden, was Du für Deine Zukunft zu thun gedenkst. Willst Du weiter studiren, dann werde ich Dich in den Stand setzen, zur Universität zurückzukehren.“

„Du?! Wo willst Du so viel Geld hernehmen?“

„Das ist jetzt Nebensache. Genug, ich habe die Mittel, damit Du Deine Studien wieder beginnen kannst. Aber ehe ich sie Dir überlasse, muß ich wissen, wozu Du Dich entschlossen hast.“

Andreas blickte ungläubig die Mutter an. Er konnte

nicht begreifen, wie sie, die seit seinem frühesten Alter ge-
darbt und entbehrt, die nur mit den größten Anstrengungen
ihn auf die Schule und das Gymnasium geschickt und
endlich auf der Universität unterstützt hatte, noch über
irgend welche fernere Mittel zu gebieten haben sollte.
Wenn er zuweilen unter seinen Liebesträumen einen
Augenblick an seine Zukunft dachte, dann war es ihm
vollkommen klar gewesen, daß er nur durch eigne Kraft
und ohne jegliche Hilfe von Seiten der Mutter sich vor-
wärts arbeiten mußte.

Aber neben dem Unglauben war es doch weit mehr
Bewunderung, womit er die Mutter betrachtete, die immer
opferbereite, die in der letzten Zeit so wenig Freude an
ihm gehabt hatte und ihm doch so große Nachsicht
bewies.

Da der Sohn das Schweigen nicht brach, fuhr die
Mutter fort:

„Deine Seele ist krank, Andreas, aber Du hast einen
kräftigen Leib. Du hast mancherlei erlitten schon; was
meinst Du, wenn Du Seelenarzt würdest, da Du doch
nicht rechte Neigung hast, Deine Kraft und Dein Leben
der Linderung körperlicher Leiden zu widmen. Wähle

zwischen dem Arzt und dem Prediger. Ich allerdings wünschte, daß Du bei dem Berufe bliebest, dem Du schon so viel Zeit und Mühe geopfert hast.

Andreas stützte den Kopf in die Hände und murmelte: „Prediger will ich werden."

„Ist dies Dein fester, Dein unwiderruflicher Beschluß?"

„Ich glaube es."

„Ueberlege bis morgen, aber prüfe wohl. Ich glaube nicht, daß sich Dein Charakter dazu eignet. — Gute Nacht, mein Kind." Sie küßte seine Stirn.

„O meine Mutter, meine Mutter, wie soll ich je all Deine Liebe vergelten," stammelte Andreas.

„Werde ein Mann, Andreas, der über sich selbst zu siegen versteht, und dessen Ziel und Streben es ist, der Menschheit zu dienen.

Sie ging in das anliegende Zimmer und verschloß die Thür hinter sich.

* * *

Ungefähr gleichzeitig mit dem Besuche des Hütten-besitzers Roman bei seiner Tochter, trat Gunnar Noreström zu Andreas, der an einem Fenster saß und hinausstarrte, als suchte er Etwas, das ihn bei der Wahl seines Berufes leiten könnte.

„Guten Morgen, Andreas! Wie geht es Dir heut?" sagte Gunnar, indem er den breitkrämpigen Hut abnahm. „Das war ein höllisches Wetter in der Nacht, aber heute läßt der Herr die Sonne scheinen. Ist Frau Berg zu Hause?"

„Meine Mutter ist schon sehr früh ausgegangen."

„Das ist mir lieb." Gunnar setzte sich Andreas gegenüber. „Ich habe einige Worte mit Dir zu reden, und je eher sie heraus sind, desto besser."

„Und ich habe Onkel um einen Rath zu bitten."

„Den will ich gern geben; es ist nur die Frage ob Du ihn befolgst."

Gunnar fuhr mit beiden Händen unter das in der Mitte gescheitelte Haar und blickte den Jüngling mit klugen und durchbringenden Augen an. Dann fuhr er fort:

„Es scheint mir nun in der That so, als ob Du lange genug ohne eigentliche Beschäftigung hier herumgelegen und Deiner Mutter Brod gegessen hättest. Die Paar Privatstunden, die Du bei Larßen gegeben hast, sind nicht der Rede werth. Das muß ein Ende haben,

meinst Du nicht auch? Da Du nun nicht weiter studiren magst, so schlage ich Dir vor, daß Du hier in der
Nähe an einer Grube eine Stelle annimmst, die ich Dir
verschaffen werde. Du erhältst hinreichend Gehalt, um
davon zu leben und Deine Mutter zu unterstützen."

„Nein, danke, Onkel Gunnar; meine Mutter hat
andere Pläne für meine Zukunft; ich soll meine Studien
fortsetzen."

„Studiren? Und wovon denn? Du bist ja arm wie
eine Kirchenmaus, und Deine Mutter hat nichts mehr,
als sie mit ihrer Hände Arbeit verdient. Ich habe schon
immer gesagt, daß das Tollheiten sind."

„Ich werde es wohl wie früher machen, und eine
Stelle als Hauslehrer annehmen müssen, um meinen
Lebensunterhalt zu verdienen. Fort von hier muß ich
auf jeden Fall."

„Aber wie soll das gemacht werden? Man kommt
nicht ohne Geld von X— bis Upsala."

„Mutter hat gesagt, sie würde mir dazu ver-
helfen."

„Deine Mutter?" wiederholte der Alte und blickte
gedankenvoll vor sich hin; „aber gleichviel; hat sie gesagt,

daß Du hin sollst, dann sollst Du auch nach Upsala. Du willst also Dein medicinisches Studium fortsetzen?"

„Entweder das oder Prediger werden. Ich habe mich beinahe zu dem Letzteren bestimmt. Es geht schneller und verursacht weniger Kosten."

Der Alte sprang vom Stuhle auf.

„Du, Prediger? Das wäre zum Henker das Passendste. Es würde Dir gehen, wie es mir gegangen ist. Ich sollte auch Prediger werden, nur die Ordination fehlte noch, als ich einsah, daß ich auf dem besten Wege zur Hölle wäre — und darum wurde ich Bergmann. Wenn man starke Leidenschaften besitzt und sie nicht zu beherrschen vermag, dann darf man solche Stellung nicht einnehmen, dann darf man Anderen nicht lehren wollen, wie sie leben und entsagen sollen. Dann ist man ein erbärmlicher Heuchler, der sich aus erlogenem Heiligenschein ein Einkommen verschafft. Nein, besser, Du bleibst bei dem, was Du begonnen, obgleich ich gerade keine große Vorliebe für die Herren Aerzte besitze. Aber Du hast dann wenigstens Gelegenheit, Gutes zu stiften. Tausendfaches Leid wirst Du kennen lernen, aber Du wirst auch finden, daß die Leidenschaften des Menschen schlimmste Feinde sind. Ja, Arzt sollst Du werden, aber nicht ein Schauspieler im Tempel des Herrn, der die Weiber weinen macht über Dinge, an die er selbst nicht glaubt. Du bist zweiundzwanzig Jahre alt und schon wie toll verliebt gewesen. Du hast Deine Studien versäumt und Deine Studien vernachlässigt um einem Mädchen nachzulaufen, die sich nicht im Geringsten um Dich kümmerte. Es ist also alle Aussicht, daß Du noch viele Thorheiten begehst, ehe Du ein kluger und verständiger Mann wirst. Als Mediciner hast Du noch manches Semester durchzumachen und die Zeit ist lang genug, um Dich zu männlicher Reise zu bringen. Bestimmst Du Dich dazu, will ich Dir bis zur Erlangung des Doktorhutes jährlich 400 Reichsthaler vorstrecken. Wählst Du die Theologie, erhältst Du nicht einen Deut von mir."

Gar Geringes wirkt oft entscheidend auf unsere Zukunft ein. Gunnar's Anerbieten bestimmte Andreas Wahl.

In der Gemüthsstimmung, in welcher er sich befand, hatte er eigentlich nur das einzige Interesse, schnell von X— fortzukommen und zu einem thätigen Leben zu gelangen. Er wollte arbeiten und mußte es, um seine

Mutter zu erfreuen; es war gleichgiltig, ob er Arzt oder Prediger wurde.

Nachdem Gunnar noch einige Zeit mit Andreas geplaudert hatte, stand er auf, um sich zu entfernen. Indem er des Jünglings Hand schüttelte, sagte er:

„Du bist eitel und stolz, das wird Dich zum Fleiße anspornen, wird Dich antreiben, ein gesuchter Arzt zu werden. Ich kenne diese Herren, sie sind ehrgeizig und neidisch, und auch Du mein Junge, wirst nicht zufrieden sein mit einer anspruchslosen Stelle in irgend einer Provinzialstadt, sondern wirst streben, einer von den vornehmen Aerzten Stockholms zu werden. Lebe wohl! Ehe Du reisest, sehen wir uns wohl; grüße Deine Mutter."

Gunnar's Worte klangen noch lange in Andreas' Ohr. Er sah sich im Geiste als gefeierten Arzt an Esther Malmberg's Krankenbett gerufen, um ihr Leben zu retten. — Am vorhergehenden Abend hatte er sich in seine Rolle als Prediger hineingeträumt. Er hatte gegen Eitelkeit und Sünde gesprochen, und seine Worte hatten sie erweckt. Das Kind der eitlen Welt war als reuige Büßerin zu ihm gekommen.

Jetzt schien ihm allerdings die medicinische Carriere vorzuziehen, besonders da er schon das erste Examen gemacht hatte. Er fand die Stellung eines gesuchten Arztes angenehmer, als die eines beliebten Predigers. Einen inneren Beruf fühlte er weder für das Eine noch für das Andere.

Viertes Capitel.

Kurze Zeit nach der Hochzeit gab es ein glänzendes Fest auf Lybo. Alle Personen von Vermögen und Ansehen aus Stadt und Umgegend waren geladen worden.

Der Fabrikherr Malmberg war ein liebenswürdiger Wirth, die junge Frau schön und bleich, die Zimmer prächtig und die Einrichtung ausgezeichnet.

„Wie schön sie ist!" dachte der junge Andreas, der sich unter den Gästen befand und Esther's Bewegungen mit glühenden Blicken folgte.

Die arme Esther fragte nicht danach, ob man sie schön oder häßlich fand; sie war unglücklich und dachte nur an ihr Elend.

Erik Malmberg ließ es sich angelegen sein, allen seinen Gästen zu zeigen, ein wie liebevoller und glücklicher Ehemann er sei, und befand sich daher stets an Esther's Seite.

Die Menge ließ sich auch täuschen, aber Esther wußte, daß er nur eine Rolle spielte und sie verachtete ihn deswegen.

Das Fest hatte dessenungeachtet einen glücklichen Verlauf. Wirth und Gäste waren fröhlich. Man tanzte, man scherzte, man aß und trank; was konnte man mehr wünschen?

Esther versuchte zwar, auf den Wunsch ihres Vaters ein fröhliches Gesicht zu zeigen, aber sie war nicht gewöhnt, sich zu verstellen, und es ging nicht. Sie hatte niemals lachen müssen, wenn ihr das Weinen nahe stand, sie konnte nicht Freude erheucheln, die ihrem Herzen fremd war.

Während eine Pause im Tanzen eintrat, enteilte Esther der fröhlichen Gesellschaft, um in ihrem Boudoir zu ruhen und neue Kräfte zur Durchführung ihrer Rolle als muntere Wirthin zu sammeln.

Sie warf sich auf das Sopha und, das Gesicht in ihren Händen verbergend, murmelte sie:

„O, mein Gott, wie elend hast Du mich gemacht und wie unerträglich ist mein Schicksal!"

„Elend, Du, Esther?" fragte eine Stimme nahe bei ihr.

Sie sah auf.

„Bist Du es, Andreas?" stammelte sie,

„Ja, der verachtete und verstoßene Andreas, der sich eingefunden hat, um Dir vor seiner Abreise Lebewohl zu sagen. Jahre werden vergehen, ehe wir uns wieder treffen, und deshalb wollte ich Dich noch einmal sehen, noch einmal mit Dir sprechen."

Esther reichte ihm die Hand.

„Ich sollte Dir zürnen, weil Du mir hierher gefolgt bist, aber ich kann es nicht. Ich bin so unglücklich wie Du, Andreas, denn Erik liebt mich nicht."

Diese Worte, die für Esther alle Qual der Erde enthielten, waren für Andreas eine Freudenbotschaft. Seine Augen glänzten und er drückte ihre Hände an seine Lippen.

„So bin ich also gerächt," sagte er. „Du wirst nun einsehen, daß Niemand auf der ganzen Erde Dich geliebt hat so wie ich — und ich, ja ich, ich will Dich ewig lieben!"

Man hörte Schritte in dem benachbarten Zimmer. Andreas ließ Esther's Hand los und zog sich zurück, nachdem sie ihm ein letztes „Fahre wohl!" zugeflüstert hatte.

Beim Eintritt des Nahenden befand sich Esther allein.

„Dein Mann fragt nach Dir," sagte Nanny, die Esther suchte, und fügte, nachdem sie einen forschenden Blick durch das Zimmer geworfen hatte, hinzu: „Es kam mir vor, als sprächest Du. Warst Du allein?"

„Nein, ich war es nicht, aber jetzt bin ich es, wie Du siehst," antwortete Esther und wollte an ihrer Schwägerin vorübergehen, gegen die sie einen gewissen Widerwillen hegte.

Nanny hielt sie auf.

„Verziehe einen Augenblick, ich habe Dir ein paar Worte zu sagen."

Esther blieb. Fanny fuhr fort:

„Du magst mich nicht. Mein Anblick ist Dir peinlich, bestreite es nicht: ich sehe, daß ich einen unvortheilhaften Eindruck auf Dich gemacht habe; aber Du thust Unrecht. Ich biete Dir als Freundin meine Hand; stoße sie nicht von Dir; eine innere Stimme sagt mir, daß wir einander bedürfen werden."

Esther betrachtete Nanny, um sich von der Aufrichtigkeit ihrer Worte zu überzeugen, und entdeckte dabei, daß Nanny von seltener Schönheit war. Sie hatte bis-

her nicht darauf geachtet. Nun legte sie ihre Hand in
die der Schwägerin und sagte:

„Ja, laß uns Freunde sein. Ich bedarf viel[...]
Liebe."

Nanny drückte ihre Hand und Esther kehrte zu ihren
Gästen zurück.

Es schien ihr, als wäre sie jetzt weniger beklagens-
werth, als einige Augenblicke vorher; sie hatte eine Freundin
gefunden und ein Herz gewonnen, das ihr ewig gehören
sollte. — Der früher so gering geachtete Andreas stand
jetzt in einem andern Lichte vor ihr, und sie dachte mit
Befriedigung daran, daß er sie von ganzem Herzen und
von ganzer Seele liebte.

Esther tanzte während des ganzen Abends und nahm
mit größerer Lebhaftigkeit an den Vergnügungen Theil,
als vor der Unterredung mit Andreas.

* * *

Alle Gäste hatten sich entfernt, nur Esther's Vater
wollte die Nacht über bleiben und saß mit Erik in ernstem
Gespräch in einem Cabinet. Esther und Nanny standen
im Salon, um einander gute Nacht zu sagen.

„Dein Mann hat Dich heute außerordentlich schön

gefunden," äußerte Nanny; „er scheint unbeschreiblich verliebt zu sein."

„Scheint er es!" rief Esther, während Zornesröthe
über ihr Antlitz flog.

„Du zweifelst wohl?"

Esther antwortete nicht, sondern verbarg ihr Gesicht
in den Händen.

„Ist zwischen Euch bereits ein Mißverständniß ein-
getreten?" fuhr Nanny fort, indem sie Esther's Hände
ergriff.

„Mißverständniß?" wiederholte traurig die junge
Frau. „Leider nicht. — Erik liebt mich nicht und hat
mich nie geliebt. Sieh', so steht's zwischen uns. O! wie
unglücklich ich bin!"

Nanny betrachtete schweigend ihre Schwägerin und
fragte danach:

„Woher weißt Du, daß er Dich nicht liebt?"

„Er hat es selbst gestanden," antwortete Esther, indem
sie in Thränen ausbrach.

„Dann mußt Du versuchen, seine Liebe zu gewinnen.
Trockne Deine Thränen, zeige ein freundliches, fröhliches
Angesicht, laß ihn Deinen Schmerz nicht ahnen, sondern

3*

verbirg ihn in der Tiefe Deines Herzens. Sei sparsam
mit Thränen und Beweisen der Liebe, aber freigebig mit
Freundlichkeit und Aufmerksamkeit. Nur auf diese Weise
wirst Du gewinnen, was Du jetzt so schmerzlich entbehrst.
Gute Nacht, meine gute Esther, denke an meine Rathschläge und versuche sie zu befolgen."

Nanny küßte Esther's Stirn und ging.

Esther hatte den Worten Nanny's, welche mit ihrer
eigenen Anschauung übereinstimmten, ein aufmerksames
Ohr geliehen, aber alles Andere nicht beachtet.

Nicht verschwenderisch zu sein mit Beweisen ihrer
Liebe, und auch nicht zu weinen, fand sie ganz zweck-
mäßig; aber daß sie sich freundlich und aufmerksam zeigen
sollte, davon konnte nicht die Rede sein. Bald wollte sie
sein wie Eis, gleichgültig und unzugänglich, das war ihr
fester Entschluß.

Mit solchen Gedanken erhob sich Esther, um das
Zimmer zu verlassen, als Erik in dasselbe eintrat.

„Ah, da ist ja mein liebes Frauchen, sagte er munter
und ging auf sie zu. Ich wollte Dich eben in Deinem
Zimmer aufsuchen." Er streckte den Arm nach ihr aus,
aber Esther wich vor ihm zurück.

„Du kannst Dir ein für allemal die Mühe sparen, in mein Zimmer zu gehen. Wir können einander hier eben so wohl „Gute Nacht" sagen, wie dort," entgegnete Esther stolz.

„Das ist nicht meine Ansicht," wandte Erik lächelnd ein.

„Aber es ist die meinige."

„Ich glaube wahrhaftig, daß Esther mir noch immer böse ist. Das ist ja kaum möglich. Du weißt ja, liebenswürdiges Kind, daß Du aus mir den treusten und zärtlichsten Gatten machen kannst, wenn Du nur ein wenig freundlich und gut gegen mich sein, und nicht Dein eigenes Herz verleugnen willst."

„Ich verleugne es nicht, wenn ich Dir jetzt eine ruhige Nacht wünsche, unterbrach ihn Esther kalt, und ich hoffe, daß Du mir nicht länger Deine Gesellschaft aufdringst. Ich bin müde und bedarf der Ruhe.

Erik hatte ihre Hand ergriffen, aber ließ sie los und sagte so kalt wie sie: Gute Nacht! Er drehte sich um, trat an ein Fenster und blieb, den Rücken gegen sie gewendet, an demselben stehen.

Esther sah ihm mit verdrießlichen Blicken nach. Sie hatte erwartet, daß er noch länger um ein herzliches

Wort, um einen freundlichen Blick bitten sollte, und fand sich nun in dieser Erwartung getäuscht. Sie eilte in ihr Zimmer, um dem Anblicke des Mannes zu entgehen, den sie zu hassen versuchte, und den sie dennoch nicht aufgehört hatte zu lieben.

Die Diener löschten die Kerzen aus. Nur eine einzige Lampe erhellte das Zimmer, in welchem Erik stand und in die dunkle Nacht hinausstarrte.

Leise Schritte nahten sich. Erik wandte sich um. Nanny stand dicht vor ihm.

„Was stehst Du noch hier," fragte sie, „und läßt Deine Gattin allein?"

„Verzeihe, beste Nanny, daß ich Deine Frage nicht beantworte," entgegnete Erik, „und gestatte mir, an Dich die Frage zu richten: Was thust Du hier?"

„Ich suchte Dich."

„Und dennoch wunderst Du Dich, mich zu finden?"

„Ja, ich hoffte Dich vergebens zu suchen."

„So?"

Erik fuhr mit der Hand über die Stirn, als wollte er unangenehme Gedanken verscheuchen, und schüttelte mit dem Kopfe, so sein Auge den forschenden Blicken der Schwägerin entziehend.

„Hast Du mir etwas Besonderes mitzutheilen?" fragte er.

„Du liebst also Deine schöne, junge, unschuldige Gattin nicht?" sagte Nanny, ohne seine Frage zu berücksichtigen.

„Nanny, ich wünsche, daß Du alle dergleichen Fragen unterläßt! Ob wir uns lieben oder nicht, ob wir glücklich sind oder unglücklich, das sind Dinge, die uns allein angehen; ein Dritter hat damit nichts zu schaffen. — Willst Du sonst noch etwas?"

Nanny heftete ihre dunkeln Augen so fest auf ihn, als ob sie in seinem Herzen lesen und seine tiefsten Geheimnisse erforschen wollte.

„Ich werde Deine Worte wohl bewahren," sagte sie. Ich will sie nie vergessen; aber ehe ich für immer über das Verhältniß zwischen Dir und Deiner Gattin schweige, will ich Dich daran erinnern, daß jede Schuld die Strafe nach sich zieht. Du hast Dich mit einem jungen schönen, reichen Kinde verheirathet, und Du hast es gethan, um zu ihrem Vermögen zu gelangen. Unter solchen Ver-

hältnissen war es von keiner Bedeutung, daß Dein eigenes
Herz durch eine Andere gefesselt blieb. Aus Eigennuß
verleugnetest Du Deine Liebe und verriethest eine Hingebung, die Du niemals verdientest, tratest vor den Altar,
ein doppelter Verräther, und glaubtest Dich dennoch überreden zu können, daß Du in Uebereinstimmung mit Ehre
und Pflicht gehandelt. Du meintest, glücklich werden zu
können, wenn nur Dein Weib Dich liebte, und glaubtest
nicht nöthig zu haben, sie wieder zu lieben. Du machtest
Deine Berechnungen, aber zogst den moralischen Factor
nicht in Betracht, und deshalb waren Deine Rechnungen
falsch. Deine Gattin wird bald aufhören, Dich zu lieben.
Schon heute Abend hat sie in ihrem Boudoir den glühenden Liebeserklärungen eines jungen Mannes ein aufmerksames Ohr geliehen."

„Nanny, das ist nicht wahr!" rief Erik heftig aus,
„Du verleumdest meine gute Esther."

„Frage sie selbst, ob sie nicht vor wenigen Stunden
mit einem jungen Manne gesprochen, den sie Andreas
nannte und der sie mit glühenden Worten ewiger Liebe
versicherte."

„Ah, das ist Esther's armseliger Vetter! Ich kenne

thn. Der Tollkopf hat ihr „Lebewohl" gesagt, das ist Alles. Hast Du kein besseres Mittel, meine Eifersucht zu erregen, dann glückt es nicht. Gehe zur Ruhe, Nanny, und begnüge Dich damit, mein Leben einmal vergiftet zu haben, als Du mich aus meines Vaters Hause triebst; vergiß nicht, daß nur das Versprechen, welches ich meinem Bruder auf dem Sterbebette gegeben, uns wiederum zusammengeführt hat."

„Bereuest Du dies Versprechen, dann beklage ich Dich. Du bist dann ein elenderer Mensch als ich gedacht hatte. Sprich auch nicht davon, das ich Dein Leben vergiftet habe, denn ich war es, die Deine Ehre und Dein Gewissen rettete. Deine Schuld mir gegenüber Erik kann nie abgetragen werden, es müßte dann das Geschehene sich ungeschehen machen lassen." Nanny ging.

„Sie hat recht. Ich bin ein elenderer Mensch als ich selbst gedacht habe. Ich kann nicht vergessen, und ich habe noch nicht bereut. Meine Pflicht gebietet mir, dankbar zu sein, aber der Mensch thut so selten, was seine Pflicht ist. Ich für mein Theil vermag nur darüber zu wachen, daß mein Herz mich nicht zu Handlungen verleitet, die ich selbst auf's Tiefste verachten müßte."

Erik ging in sein Zimmer um Ruhe zu suchen, aber der Schlaf floh seine Augen.

Nichts trägt im Allgemeinen schnellere Frucht, als der Zweifel, der in unsere Seele geworfen. Obwohl Erik mit größter Bestimmtheit Alles zurückgewiesen hatte, was Nanny ihm über Esther und Andreas mittheilte, so konnte er sich doch nicht von einem unbehaglichen Gefühle befreien, welches seine Gedanken immer wieder auf die zwischen Beiden stattgehabte Unterredung zurückführte. Er fand es unverzeihlich, daß Esther die Herzensergießungen des jungen Menschen angehört hatte und es ärgerte ihn, daß dieser unbedeutende Andreas hinreichenden Muth besaß, um dergleichen zu wagen.

Erik war daher nichts weniger, denn freundlich gestimmt, als er am folgenden Morgen in das Speisezimmer trat.

Nach dem Frühstück sagte er seiner Gattin ein kaltes Lebewohl und begleitete seinen Schwiegervater nach der Stadt. Er kehrte während des ganzen Tages nicht zurück.

Viertes Capitel.

Wenn vornehme Leute sich verheirathen, so beeilen sich Bekannte und Verwandte ihnen durch Gastmähler und Festlichkeiten ihr Wohlwollen zu bezeugen.

So geschah es auch hier.

Malmberg und Frau wurden nach Osten und Westen gebeten.

Esther wollte diesen Einladungen nicht folgen, aber auf die eindringlichen Ermahnungen ihres Vaters that sie es doch. So wurden sie in den ersten Wochen nach allen Seiten hin in Anspruch genommen, und es blieb wenig Zeit für das häusliche Leben übrig.

Esther wurde überall mit Huldigungen überhäuft, aber sie fand keine Freude daran. Er liebte sie ja nicht und die Anderen war ihr gleichgültig.

Als endlich der alte Roman einen großartigen Ball veranstaltet hatte, erklärte Esther, daß sie nun nicht länger

geneigt wäre, sich von einem Feste zum anderen fahren
zu lassen, und lehnte in Folge dessen alle weiteren Einladungen ab. Auch ihr Mann, der an wichtigere Dinge
zu denken hatte, war in dieser Hinsicht vollkommen mit
ihr einverstanden. Man sollte nun das stille ruhige häusliche Leben kennen lernen; Erik und Esther sollten nun
erfahren, was sie einander waren.

Esther brauchte, wenn es ihr nicht gefiel, als vornehme
Frau sich nicht um das Hauswesen zu bekümmern, sondern
konnte die Sorge für dasselbe Anderen überlassen. Das
that sie denn auch. Küche, Keller, Milchkammer und
Vorrathshaus wurden von der Wirthschafterin verwaltet.
Den größten Theil des Tages verbrachte die junge Frau
in der Bibliothek, einen Roman nach dem anderen ver-
schlingend. Diese Lectüre ließ Esther vergessen, berauschte
ihre Phantasie und schien ihr das einzige Mittel, das
Zusammenleben mit Erik zu ertragen. Ihr Verhältniß
zu ihm wurde immer kälter und förmlicher. Trotz Nanny's
Ermahnungen vermochte sie nicht, ihr Betragen gegen
ihn zu ändern. Ihre Erbitterung nahm zu, besonders
da sie merkte, daß auch von seiner Seite Nichts geschah,
um den Zwiespalt auszugleichen.

Auch Erik fing an, der Erzählung Nanny's von der Unterhaltung Esthers mit Andreas mehr und mehr Glauben zu schenken und war endlich überzeugt, daß Esthers Liebe zu ihm Nichts weiter als eine Laune gewesen, welche schwand, als ihre Eitelkeit verletzt wurde. Anderenfalls hätte sie sich nicht so verändern können. So aber war ihre Neigung zu dem armen Vetter nun eben so groß geworden wie sie es einst für Erik gewesen.

Diese Annahmen schienen dadurch bekräftigt zu werden, daß Esther seit ihrer Verheirathung häufiger ihre Tante Frau Berg, besuchte, woran sie früher nicht gedacht hatte.

Esther versuchte in der That sich zu trösten, sich das Glück und die Liebe, welche sie vergeblich an Eriks Seite zu finden gehofft, dadurch zu verschaffen, daß sie die Abschiedsscene mit Andreas in ihre Erinnerung zurückrief. Es war so lindernd für ihre gekränkte Eigenliebe, daran zu denken, wie sehr sie von ihm verehrt wurde und sie besuchte seine Mutter, um über ihn mit ihr zu sprechen, und einen Augenblick ihr Leid zu vergessen.

Je mehr sich Esther ihren Phantasien überließ, desto häufiger trat Andreas' Bild vor ihre Seele. Stunden lang konnte sie von der Zukunft träumen, wie sie einander

wieder begegneten und wie ihr Mann entdeckte, daß sie
Andreas liebte. Sie vergaß ihre liebeleere Ehe und fühlte
sich glücklich in dem Gedanken an den Tag, an welchem
Erik sie lieben, sie aber ihm verloren sein würde.

Esther war, wie wir sehen, auf einen jener gefährlichen
Wege gerathen, die so leicht unrettbar zum Verderben
führen.

Eriks jüngerer Bruder, Ludwig Malmberg hatte die
Landwirthschaft auf Lybo zu verwalten. Jung, fröhlich,
witzig, musikalisch und im Besitze einer guten Stimme
war er ein angenehmes Glied der Gesellschaft und trug
wesentlich dazu bei, die langen Winterabende, an denen
die Familie in dem sogenannten kleinen Salon versammelt
war, zu verkürzen.

Eines Nachmittags, als Nanny eines vorgeblichen
Unwohlseins wegen auf ihrem Zimmer geblieben war,
befanden sich Esther und Ludwig allein. Sie hatten ein
Duett gesungen und spielten nun ein Quatre mains, als
Esther plötzlich aufhörte und fragte:

„Warum bist Du so unfreundlich gegen Nanny?
Dein Betragen gefällt mir nicht. Ich habe Nanny
sehr lieb."

„Das ist Unrecht von Dir. Nanny mag Dich nicht."

„Sie mag mich wohl, fiel Esther lebhaft ein, ohne
sie wäre es hier nicht auszuhalten. Nur ihretwegen er-
trage ich das Leben auf diesem unausstehlichen Gute."

„Was Du sagst, klingt gerade nicht sehr schmeichel-
haft für meinen Bruder," rief Ludwig lachend.

„Zu schmeicheln ist auch gar nicht meine Absicht.
Ich spreche die Wahrheit, Nichts weiter. Was Deinen
Bruder angeht, so ist er speciell im höchsten Grade lang-
weilig."

„Esther Du scheinst zu vergessen, daß er Dein
Mann ist."

„Wollte Gott, daß ich das könnte. Aber leider kann
ich es nicht."

Esther verließ das Piano, setzte sich auf das Sopha
und fuhr fort: „daß er mein Mann ist, macht ihn übrigens
nicht angenehmer. Ich höre ihn nie von Anderem reden,
als von Eisen, Eisenfabrikation, Gruben, Schmelzöfen
und Steinkohlen. Dazwischen liest er die Zeitungen und
politisirt mit Dir, dem Ingenieur oder dem alten Gunnar.
Das ist Alles schrecklich langweilig, oder glaubst Du, daß
ich Vergnügen daran finden kann?"

„Das gerade nicht, aber es ist eigentlich Deine Schuld, daß Erik ausschließlich mit mir nur und dem Ingenieur, mit Gunnar oder Nanny redet. Du antwortest ihm ja kaum, wenn er sich an Dich wendet. Will er singen und er bittet Dich, zu begleiten, so kannst Du nicht; aber komme ich oder der Ingenieur Ström im nächsten Augen- blick mit demselben Ersuchen, so bist Du gleich bereit. Liest er vor, dann gehst Du weg, Du thust Alles, um ihm und den Anderen zu zeigen, daß Du ein Vergnügen daran findest, niemals seinem Willen nachzukommen."

„Glaubst Du das? Ich wiederum meine, daß es Erik ist, der sich nie um meinen Willen kümmert. Ich fühle mich daher durchaus nicht bewogen, zuvorkommender gegen ihn zu sein."

„Da handelt Nanny ganz anders. Eriks Betragen gegen sie ist überaus förmlich, aber das hindert sie nicht, ihm alle mögliche Aufmerksamkeit zu erweisen. Stets leitet sie solche Gespräche ein, die ihn interessiren; sie sucht Alles zu errathen, was ihn erfreuen kann; immer zeigt sie ein lächelndes Angesicht, wenn er gegen- wärtig ist."

„Und warum thut sie Alles dies?" fiel Esther fragend

ein. „Damit Erik nicht gar zu unerträglich sei, wenn er und ich gezwungen sind, zusammen zu sein."

„Und das glaubst Du wirklich?" rief Ludwig. „O nein! Nanny hat andere Beweggründe, und es würde mir leicht sein, sie aufzudecken, wenn ich wollte."

Aber Ludwig kam wenigstens diesmal nicht dazu. Ein Diener trat ein und meldete den Besuch des Herrn Pastor Granelius mit Frau, Töchtern und dem Adjuncten.

Frau Cölestine Granelius war eine kleine, lebhafte Dame mit beweglichen Augen, noch beweglicherer Zunge und ungeheuren Zahnlücken im Munde. Wenn sie die Lippen öffnete, sah man zwei lange Stifte, welche schief gegenüber standen, als dürftige Ueberbleibsel längst verschwundenen Reichthums. Trotzdem war sie ein lebendiges biographisches Lexikon, welches mehr oder minder wahrheitsgemäß über die Geschichte der Mitmenschen Auskunft zu ertheilen vermochte. Daß sie dabei ganz uneigennützig verfuhr, und ohne Aufforderung von Seiten Anderer, geschah natürlich nur in dem Wunsche, Unwissende aufzuklären. Sobald ein Name genannt wurde, war sie sogleich bereit, eine kurze Lebensbeschreibung über den Besitzer desselben zu liefern.

Mit großer Lebhaftigkeit trat sie in's Zimmer, begrüßte die liebe theure Frau Malmberg, fragte mit einem Ueberfluß von Herzlichkeit nach Esthers Gesundheit und nahm ohne Antwort abzuwarten an, daß es nicht besonders damit stände, da Esther bleich und mager geworden sei. Sie fragte weiter nach der Frau Hauptmann Nanny Malmberg, war untröstlich darüber, daß sie bei deren Rückkehr nicht zugegen gewesen, um die angenehme Bekanntschaft mit ihr wieder anzuknüpfen.

Die Frau Pastorin gab eine der glänzendsten Proben von unrechtem Gebrauch der Zunge und Esther besaß nicht Kraft genug, um mit ihr in dieser Beziehung zu wetteifern.

Frau Cölestine warf sich auf das Sopha, ergriff Esthers Hände, bedauerte, daß der „Herr" nicht zu Hause sei, um ihm ihre Glückwünsche darbringen zu können 2c.

Während sie ihrer Zunge die freieste Bewegung gestattete, irrten ihre Augen im Zimmer umher, als ob sie einen Gegenstand suchte, an den sie sich anklammern und einen neuen Ausgangspunkt für ihre Beredtsamkeit gewinnen könnte. Ihr Blick heftete sich endlich auf ein großes Oelgemälde, welches den Hauptmann Magnus

Malmberg, Erils älteren, nun verstorbenen Bruder dar-
stellte.

„O wie ähnlich:" rief sie aus, sprang vom Sopha
auf und hin zu dem Gemälde, führte das Taschentuch an
die Augen und schnaubte sich dann mit einem solchen
Nachdruck, als wollte sie dadurch die heftige Bewegung
ihrer Gefühle auch äußerlich zu erkennen geben. „O wie
schade, daß er sterben mußte. Frau Malmberg, Sie
können sich gar nicht denken, was das für ein Charakter
war. Aber wie alle guten Menschen, mußte er schwere
Prüfungen erleiden. Die Pastorin seufzte, schnaubte sich
wiederum und dämpfte ihre Stimme bis zu leisem
Flüstern:

„Ich weiß am Besten, was er gelitten hat, und es
ist meine Ueberzeugung, daß er vor Kummer starb." Sie
wandte sich hastig um, warf einen forschenden Blick durch
das Zimmer und fragte: „aber wo ist denn die Frau
Hauptmann; ich möchte ihr sehr gerne wegen des schweren
Verlustes den sie erlitten, mein Beileid bezeugen. Vielleicht ist sie mit dem Fabrikherrn zur Stadt gefahren.
Die arme Frau, sie hat Zerstreuung nöthig; es mag nicht
besonders in ihrem Innern aussehen. Sie hat sich mancherlei

Vorwürfe zu machen. Frau Malmberg wissen wohl, auf welche Weise sie verheirathet wurde."

Esther wußte nichts davon; sie hatte auch keine Lust, sich von der Pastorin darüber Auskunft geben zu lassen, und sagte deshalb sie wolle ihre Schwägerin holen lassen. Da aber rief die Pastorin:

„Nein durchaus nicht, wir wollen sie nicht stören. Aber was für ein herrliches Cabinet haben Sie hier nebenan," fuhr sie dann fort, sprang auf lief hinein, und Esther mußte als artige Wirthin ihr folgen.

Es brannte ein kleines Feuer im Kamin; beim Anblick desselben gerieth Frau Granelius in Extase.

„Ah, wie gemüthlich es hier ist und wie einladend dieses kleine Sopha hier aussieht! Hier fühlt man sich so recht zu vertraulichen Mittheilungen angeregt. Nichts ist angenehmer, als in der Dämmerstunde ein Bißchen zu plaudern. Die Frau Pastorin setzte sich und erklärte, daß sie und Esther als verheirathete Frauen das Recht hätten, sich ein wenig abzusondern und die Andern sich selbst zu überlassen.

„Ich kenne meinen Mann, er spricht am liebsten mit Herrn Ludwig über den Ackerbau, und was meine

Töchter angeht, so unterhalten sie sich vortrefflich mit dem
Adjuncten. Der hat auch schon mancherlei durchgemacht,
wovon ich ein andermal reden werde. Jetzt liegt es mir
besonders am Herzen, zu erfahren, wie es Ihnen, verehrte Frau auf Lybo geht. Es ist dies gerade kein
Glück bringender Ort, und es hat mich recht sehr beunruhigt, wenn ich mir dachte, daß irgend ein Kummer
unsere liebenswürdige Herrin treffen könnte."

Esther fühlte sich durch den Redestrom und durch
die zudringliche Vertraulichkeit der Pastorin unangenehm
berührt und erklärte daher, daß sie sich sehr wohl befände.
Es ist übrigens zweifelhaft, ob ihre Antwort gehört
wurde, denn ohne weiter Rücksicht darauf zu nehmen,
fuhr Frau Granelius fort:

„Also Sie wissen nicht, auf welche Weise Nanny
Rosenskiold verheirathet wurde. Aber sicherlich ist Ihnen
bekannt, daß Nanny's ältere Schwester die Frau des seeligen
Fabrikherrn war, das heißt, seine zweite Frau. Sie ist
eine prächtige Frau, ja das ist sie gewiß. Nur schade,
daß sie fortwährend im Auslande lebt. — Der alte
Malmberg starb bekanntlich in Italien oder dort herum.
Er war brustkrank. Seine Frau, der gute Engel, folgte

ihm überall und pflegte ihn, obwohl er sehr häßlich gegen
sie war, und sie recht schlecht behandelte; ja das that er.
Das ist eine so gewöhnliche Geschichte, daß alte Männer
krank und unerträglich werden, daß sich darüber Nichts
weiter sagen läßt. Aber die Geschichte mit Nanny ist
romantisch. Ihre Lebensschicksale kann ich an meinen fünf
Fingern herzählen. Es war recht schlimm, daß die beiden
Brüder Malmberg, Magnus und Erik ihretwegen in un-
tilgbare Feindschaft geriethen, aber der selige Herr machte
kurzen Prozeß und schickte den Erik weg. Während dieser
sich im Auslande befand, verheirathete sich Magnus mit
Nanny, die den Hauptmann gar nicht mochte, sondern
den jüngeren Bruder liebte. Trotzdem mußte sie ihn
nehmen, weil es der alte Herr so wollte. Der Hauptmann bekam keine Ursache sich zu freuen, nein, wahrhaftig nicht. Nanny machte ihm das Leben so sauer wie
möglich, ja das that sie. Er war eifersüchtig der arme
Mann, und man behauptet, nicht ohne Grund. Erik kam
nämlich wieder zurück und bewarb sich auch ferner um
seine Schwägerin.

Hier wurde die Pastorin unterbrochen. Nanny trat
in das Cabinet und wenn der selige Herr Hauptmann

selber erschienen wäre, hätte er nicht größere Bestürzung
verursachen können. Während einiger Minuten saß sie
still und ohne daß sich ihre Zunge bewegte, was sonst
nur zu geschehen pflegte, wenn sie schlief, soweit sie nicht
im Traume sprach. Aber die Frau Pastorin Granelius
gehörte nicht zu denen, welche sich lange außer Fassung
bringen lassen. Schon nach wenigen Augenblicken hatte
sie sich erholt, flog vom Sopha auf, stürzte mit ausge-
breiteten Armen auf Nanny los, fiel ihr um den Hals,
und überschüttete sie mit einer Fluth von theilnehmenden
Worten und Thränen.

Esther hatte genug von der Unterredung mit der
Pastorin, deren Geschwätz höchst unangenehme Gedanken
in ihr erweckte. Deshalb eilte sie aus dem Cabinet, um
ihre Pflichten gegen die anderen Gäste zu erfüllen.

Ludwig schlug vor zu musiciren. Der Adjunkt hatte
einen angenehmen Tenor. Er sang mit Esther ein Duett.

Der Ingenieur und der Pastor spielten Schach.

Die Frau Pastorin, der Esther entgangen war,
klammerte sich an Nanny fest, die mit größerer Bereit-
willigkeit an ihrer Seite Platz nahm.

Nanny war einundzwanzig Jahre alt und hatte hin-

reichend Lebenserfahrungen gemacht, um einzusehen, daß
selbst von den gedankenlosesten Schwätzern gelegentlich zu
lernen ist.

Die Pastorin begann sofort.

„Sie haben eine unbeschreiblich liebenswürdige, schöne
und angenehme Schwägerin erhalten, Frau Hauptmann,
ein süßes Kind und so reich, so reich, wohl die Reichste
in der ganzen Gegend. Die alleinige Erbin des alten
Roman. Von neun Kindern ist sie allein übrig geblieben.
Es sah fast aus als sollte der Alte alle seine Kinder
beerben und es gab, glaube ich, nicht einen Menschen in
ganz X—, der gedacht hätte, daß die kleine Esther leben
bleiben würde. Nein, gewiß nicht. Und doch blieb sie
leben, ja, das that sie. Roman mußte sich begnügen,
acht von seinen Kindern beerbt zu haben. Gott weiß,
daß er alles Mögliche that, um das arme Kind in jeder
Weise zu verderben und es ist wahrlich nicht seine Schuld,
daß sie lebt. Kein Mensch begreift, wie sie so liebens-
würdig werden konnte, denn man vermag sich kaum ein
abstoßenderes und häßlicheres Kind vorzustellen, als sie
war. Nein, das kann man nicht. — Doch, da fällt mir

ein, wie geht es der Tochter der Frau Hauptmann? Ein niedliches Kind, wahrhaftig."

„Olga schläft; sie befindet sich ganz wohl, entgegnete Nanny lächelnd."

„Das glaube ich gern. Wie sollte sie sich anders als wohl befinden. Sie hat ja eine so treffliche Mutter, Sie kennen wohl die Geschichte des Bergwerkbesitzers Roman?"

„Einiges kenne ich davon, antwortete Nanny?"

„Haben sie dieselbe noch nicht ganz gehört?" dann kann ich Ihnen dienen und sie erzählen; ja, das kann ich. Ich weiß Alles von der Zeit an, wo der alte Roman noch ein kleiner Junge war. Sein Vater soll ein kleines Landgut gehabt haben; wo, ist mir nicht bekannt. Sicherlich war er ein nachlässiger Mensch und kam immer mehr herunter. Er zog deshalb mit seiner Tochter nach G —. Dort ernährten sie sich von ihrer Hände Arbeit. Er that Nichts und das Mädchen nähte Tag und Nacht für Modehändler. Der Sohn, der jetzige Besitzer kam als Verwalter nach der Hütte Grytshammer. Hier verstand er es, sich so in die Familie einzunisten, daß er die einzige Tochter seines Chefs zur Gattin erhielt. Sie war eine

Verwandte der Malmbergs. Auf diese Weise kam er in
den Besitz eines bedeutenden Vermögens, das sich unter
seinen Händen vielfach vermehrt hat. Nicht immer ist
das in gewissenhafter Weise geschehen, das kann man für
gewiß annehmen, das weiß ein Jeder und es ist nicht
werth, davon zu reden. Das Schändlichste aber ist doch
sein Betragen gegen seine Schwester. Sie ist allerdings
ein Frauenzimmer von wenig achtbarem Character, aber
dennoch hätte der Bruder mit ihr Mitleid haben sollen,
damit Andere es nicht zu beweisen brauchten. Sie verheirathete sich selbstverständlich mit einem armen Prediger,
einem kläglichen Stümper, der sich häßlich aufführte und
meinem Manne mancherlei Aergerniß bereitete, denn er
war Hilfsprediger in unserem Kirchspiel. Ja, das war
er. Er lebte nicht lange als verheiratheter Mann, das
ist wahr, und das war eine Wohlthat. Seine Frau, du
lieber Gott, mußte natürlich um ihn trauern und thun
als wäre sie außer sich, um durch ihre Thränen die Ge-
meinde zu rühren. Die gestattete ihr denn auch mit ihrem
Knaben noch zwei Jahre im Predigerhause zu leben.
Aber diese beiden Gnadenjahre brachten, weiß Gott, nicht
viel ein, nein gewiß nicht. Als sie vorbei waren zog sie

nach der Stadt X— und nähte wieder Hüte und Hauben, um sich und ihr Kind zu ernähren. Aber sollten Sie es wohl glauben, der alte Roman, der ein Millionair ist, gab ihr nie einen Deut. Allerdings ist die Wittwe Berg eine hochmüthige Person, das muß man gestehen, und es ist sicher, daß sie ihn nie um Unterstützung gebeten hat. Sie gingen nicht einmal mit einander um, und Gott weiß, ob außer mir noch Jemand da ist, dem es genau bekannt ist, daß sie seine Schwester und er ihr Bruder ist. Ich aber kann wohl verschweigen, was ich weiß, das kann ich gewiß. Der junge Andreas hat indessen Roman besucht und während seiner Schulzeit dort gegessen und als er das Gymnasium besuchte, hat er sich in den Ferien im Hause seines Onkels aufgehalten. Zwischen ihm und Esther soll ein zärtliches Verhältniß stattgefunden haben, aber der Alte hat der Geschichte ein Ende gemacht, indem er seine Tochter mit Ihrem Schwager verband. Nun, Frau Hauptmann, Sie wissen besser als irgend ein Anderer, daß Herr Malmberg sie nicht aus Liebe genommen hat, sondern weil seine Angelegenheiten sehr schlecht standen. Ueber Neuvermählte spreche ich jedoch grundsätlich nie, obwohl man in diesem Felde schon in der ganzen Gegend Mancherlei zu erzählen weiß.

Wiederum wurde die Pastorin unterbrochen, und zwar diesmal von dem Hüttenbesitzer Malmberg selbst, der heim-gekommen war und sich nun beeilte, sie zu begrüßen.

Nanny hatte mehr gehört, als ihr lieb war und sie ließ nun ihrerseits den Schwager der Frau Pastorin als ein Opfer für ihre Beredtsamkeit zurück. Wir folgen ihrem Beispiele.

Wohl bewirthet und übersättigt kehrte die Prediger-familie auf ihr Gehöft zurück. Auf Lybo ging man zur Ruhe.

Esther und Nanny hatten beide Grund zu lang-wierigen Grübeleien erhalten.

Fünftes Capitel.

Esther lag auf dem Sopha in ihrem Schlafzimmer und wiederholte im Geiste die Mittheilungen, welche ihr die Pastorin über ihres Mannes Liebe zu Nanny gemacht hatte, als die Letztere bei ihr eintrat.

„Ich glaube, daß Du eben so wenig Lust hast, zu schlafen, wie ich," sagte Nanny und nahm in einem Lehnstuhl Platz. „Die Granelius hat so viel gesprochen, daß es mir noch in den Ohren summt. Es ist mir unmöglich, den Klang ihrer schnarrenden Stimme los zu werden. Nun, liebe Esther, sie hat Dich wohl mit netten Erzählungen über meine Wenigkeit erbaut. Ich meinerseits wurde sowohl mit Deines Vaters, Deiner Muhme und Deiner eigenen Biographie beglückt, ehe ich nur eine Ahnung davon hatte.

„Von mir hat sie wohl nicht viel zu erzählen," fiel Esther ein. „Ich habe meine Tage in meines Vaters

Hause still verlebt, bin nie weiter von X. gekommen, als
bis nach Grytshammer und habe nie einen anderen An-
beter gehabt, als meinen jetzigen Mann."

„Nie?" Nanny spielte mit den Puscheln an ihrem
Kleide. „Die Pastorin ist dennoch anderer Meinung; sie
behauptete, Dein Vetter Andreas sei sterblich verliebt in
Dich und Du in ihn, und Dein Vater habe Dich nur
verheirathet, um diesem zärtlichen Verhältniß ein Ende zu
machen."

„Hat sie das gesagt? Das ist schändlich, abscheulich,"
rief Esther aus. „Ich habe mich, so lange ich unverhei-
rathet war, nie mit Andreas verständigt. Erik war meine
erste und meine einzige Liebe. Erst, seitdem ich erfahren,
daß mein Mann mich nicht liebt, habe ich öfter und inniger
an meinen Vetter gedacht."

Nanny begann zu lachen.

„Werde nicht böse, mein süßes Herz. Die Pastorin
liebt das Romantische und darum mußtest Du in Deinen
Cousin verliebt sein. Sie hielt dies für eine abgemachte
Sache, die arme Alte, die so häufig Dichtung und Wahrheit mit einander verwechselt."

„Vielleicht phantasirte sie auch, als sie mir von einem

Liebesverhältniß zwischen Dir und Erik erzählte," fiel Esther ein.

„Wahrhaftig, ich glaube, die Pastorin fängt wirklich an zu dichten. Da sie keine Romane schreiben kann, improvisirt sie solche. Schenkteft Du ihrer Mittheilung Glauben, theure Esther?"

Nanny streckte ihre Hand aus und lächelte der jungen Frau so freundlich zu, daß diese, als sie in die schönen Augen ihrer Schwägerin blickte, wohl überzeugt sein mußte, Nanny sei von der Pastorin eben so verleumdet worden, wie sie selber.

Esther hatte sich schon lange so innig an Nanny angeschloffen, daß sie sehr unglücklich gewesen wäre, wenn sie an ihr hätte zweifeln müffen. Es schien ihr überdies gewiß, daß eine Zunge, die sich zwischen zweiunddreißig fehlerlosen Zähnen bewegt, wahrer spricht, als eine, welche nur zwei armselige Stifte zu Wächtern hat. Sie ergriff Nanny's Hand, drückte sie herzlich, versicherte sie ihrer innigsten Zuneigung und fügte hinzu, daß sie keinen Augenblick länger auf Lybo verbleiben würde, falls Nanny und Ludwig sich nicht daselbft befänden.

Die beiden Schwägerinnen schieden nach herzlichen

Umarmungen. Als Esther zur Ruhe ging, hatte sie die Reden der Pastorin bereits vergessen. Der letzte Gedanke ehe sie einschlummerte, war, sich an Erik zu rächen durch — Andreas.

* * *

Nanny saß noch eine Weile tief in Gedanken versunken. Der häufige Wechsel in den Zügen ihres Angesichts bewies, daß sie einen harten Kampf in ihrem Innern durchzukämpfen suchte.

Sie gehörte nicht zu den weichherzigen Frauen, die leicht auf sich einwirken lassen. Sie war willenskräftig, voll tiefen Gefühls und starken Selbstbewußtseins. Hatte sie sich ein Ziel gesteckt, so arbeitete sie mit bewunderungswerthem Eifer, um es zu erreichen. Sie glaubte an sich selbst, und dieser Glaube machte sie stark in Bekämpfung der entgegenstehenden Schwierigkeiten.

Nachdem Nanny eine Zeitlang gesessen und überlegt hatte, warf sie einen Shawl um, ging auf den Corridor und blieb vor einer Thür stehen. Sie klopfte an und fragte:

„Bist Du noch auf, Ludwig?"

Die Thür ging auf und Ludwig stand vor ihr.

„Ist Jemand krank, daß Du noch wach bist und mitten in der Nacht herumspukst, liebe Nanny?

„Wenn es sich so verhielte, käme ich nicht zu Dir. Du bist ja wohl kein Doctor."

„Nein, Gott bewahre. Aber wenn ich es wäre, wollte ich Dich von Deinem Nachtwandeln heilen. Darf ich wissen, was Du eigentlich willst?"

„Mit Dir reden."

„Hier auf dem Gange?"

„Nein, begleite mich; wir können in meinem Zimmer mit einander sprechen."

„Läßt sich das nicht bis morgen aufschieben?" fragte Ludwig gähnend. „Ich bin verteufelt schläfrig."

„Das thut mir leid. Aber wenn das, was ich Dir zu sagen habe, Aufschub erduldete, hätte ich Dich nicht gestört. Darum komm!"

Nanny ging in ihr Zimmer zurück und Ludwig folgte ihr. Sie verschloß die Thür, welche aus dem kleinen Vorgemach in die Schlafstube führte und wandte sich dann mit folgenden Worten an ihren Schwager:

„Du hast Esther vor mir gewarnt."

„Fängst Du an zu lauschen? Das ist eine neue Tugend, die ich bei Dir bis jetzt nicht geahnt hatte."

„Ich lausche nicht, aber als die Musik heute Abend plötzlich verstummte, da merkte ich, daß Ihr Euch höchst freundschaftlich über mich unterhieltet. Sei nun so gütig, und sprich Dich ehrlich aus. Was hast Du eigentlich gegen mich? Daß Du mir gram bist, ist augenscheinlich."

„Was ich gegen Dich habe," wiederholte Ludwig, das ist so vielerlei, daß ich Dir nicht Alles sagen könnte, auch wenn wir die ganze Nacht beisammen säßen. Aber ich kann mit zwei Worten alle Deine Fehler angeben: Du bist intriguant und herzlos."

„Das ist viel gesagt in wenig Worten und Du hast eine genauere Charakterschilderung von mir gegeben, als selbst die Frau Pastorin Granelius in einer Stunde zu liefern vermöchte. Aber aus welchen Gründen fällst Du ein solches Urtheil?"

„Weil Du gleichzeitig meine beiden Brüder, die Dich beide liebten, in ihren Bewerbungen ermuntert hast. Aus Berechnung nahmst Du darauf den Aelteren, während Dein Herz dem Jüngeren gehörte. Als Gattin hast Du meinem Bruder das Leben verbittert, der Dich wie ein

Narr verehrte. Als er im Sterben lag, brachtest Du ihn
dahin, seinem Bruder das Versprechen abzunehmen, daß
dessen Haus auch das Deinige sein sollte.   Du hofftest
wahrscheinlich, daß Erik seine Verlobung mit Esther auf-
heben würde, sobald Du Wittwe wärst; Du vergaßest
aber, daß er sich reich verheirathen mußte, um Lybo be-
halten zu können. Getäuscht in der Erwartung, ihn zum
Mann zu bekommen, bliebst Du doch, um Uneinigkeit
zwischen den Gatten zu stiften und auf diese Weise Erik
zu beherrschen. Glaubst Du, daß mich das Alles mit
Achtung erfüllen kann?"

   „Nein, das glaube ich nicht, entgegnete Nanny ruhig.
Dagegen ist es noch gar nicht ausgemacht, daß ich wirklich
so gehandelt habe, wie Du voraussetzest. Ich könnte Dir,
wenn ich wollte, das Gegentheil beweisen; aber dergleichen
Irrthümer, wie die, in denen Du Dich befindest, muß
die Zeit berichtigen. Ich beschränke mich darauf, Dich
zu fragen, ob Du noch ferner Esther vor mir warnen,
ob Du mich ferner so verleumden willst, wie Du gethan
hast, seitdem ich mich auf Lybo befinde."

   „Das werde ich gewiß thun. Ich sehe keinen Grund,

der mich bewegen könnte, mein Verfahren irgendwie zu ändern."

„Aber ich sehe einen Grund. Du hast zwei Frauen vor Dir, die wenigstens einige Zeit zusammen leben müssen. Die Eine steht einsam und schuldlos; die Andere ist ein vom Glück verzogenes Kind. Laß diese Beiden Freunde sein; andernfalls handelst Du im höchsten Grade unritterlich. Ich bitte Dich, versuche nicht Esthers Freundschaft für mich zu zerstören. Für sie und für Deinen Bruder kann diese Freundschaft vom höchsten Nutzen sein."

„Das glaube ich nicht und nie kann ich Vertrauen fassen zu einer Judasseele, mag sie einem Manne oder einem Weibe angehören," erklärte Ludwig.

„Du willst es also nicht aufgeben, mir Esther's Zuneigung zu rauben," rief Nanny aus, indem sie sich erhob.

„Ja, wenn Du es aufgiebst, länger hier zu verweilen."

„Niemals! Lieber mag Krieg zwischen uns herrschen und da dürfte es ungewiß sein, wer von uns Beiden gezwungen wird, Lybo zu verlassen."

„Ich nicht," entgegnete Ludwig entschieden. Du weißt, daß ich wie mein Bruder Erbschaftsansprüche an

die Werke habe. Erik kann mir nicht, wie einem be-
liebigen Verwalter, den Abschied geben."

„Er kann Dir Deine Erbschaft auszahlen."

„Gewiß. Aber das thut er nicht, weil er davon keinen
Vortheil von seiner Heirath hätte, besonders da er nur
über die Hälfte von Esther's Vermögen zu verfügen hat.
Gute Nacht, Nanny; Du hast wohl nichts weiter hinzuzufügen."

„Nein, kein Wort mehr, da es mir nicht gelungen
ist, Dich zu bewegen, daß Du Deine Verfolgungen aufgiebst."

„Schlaf wohl!" sagte Ludwig und ging. Das Wort
„Verfolgungen" klang ganz sonderbar in seinem Ohre
wieder und führte ihn zu Betrachtungen, die den Schlaf
von seinem Lager fern hielten.

Sechstes Capitel.

Nanny beschäftigte sich seit diesem Abend noch mehr als vorher mit Esther, suchte sie für andere Dinge als ihre Romane zu interessiren, war aufmerksam gegen Erik, verbindlich gegen den Ingenieur und freundlich gegen Ludwig.

Eines Abends, als Alle im Wohnzimmer versammelt waren und Esther wie gewöhnlich still und träumend in einem Lehnstuhl saß, äußerte Nanny:

„Was meinst Du, liebe Esther, wenn wir es einmal versuchten, uns um die Wirthschaft zu kümmern. Wir sind zwei junge, kräftige Frauen, die ihre Zeit in nutzloser Unthätigkeit vertrödeln, Du, indem Du Romane liest, ich mit meinen Stickereien. Wir könnten wahrlich Grönbeck behülflich sein, so daß sie in ihren alten Tagen etwas weniger Mühe und Arbeit hätte."

Erik, der mit dem Ingenieur Schach spielte, blickte
auf und heftete sein Auge auf Nanny. Sie saß über
ihren Stickrahmen gebeugt und bemerkte nicht, daß sie
beobachtet wurde.

„Wozu sollte das nützen," antwortete Esther und
begann mit den Locken der kleinen Olga zu spielen Frau
Grönbeck macht ihre Sache ganz vorzüglich. Ich habe
durchaus keinen Grund, mit ihr unzufrieden zu sein."

Nanny lachte laut auf.

„Mein Gott, Esther, wie vernünftig das klingt, als
ob Du überhaupt einen Begriff von der Haushaltung
hättest. Ich glaube, daß wir beide gleich wenig davon
verstehen und daß wir am besten thäten, bei Frau Grönbeck
in die Schule zu gehen. Dann erst könnten wir darüber
nrtheilen, wie sie ihr Amt verwaltet. Hast Du keine
Lust, schon morgen damit zu beginnen?"

„Nein, liebe Nanny, dazu habe ich zur Zeit keine
Lust." Esther hob Olga auf ihren Schooß und scherzte
mit ihr.

Erik verlor die Parthie und stand von dem Tische
auf, als ob ihn der Verlust ärgerte.

Nach einer kurzen Pause fuhr Nanny fort:

„Dann werde ich allein Frau Grönbeck's Schülerin werden. Ich halte dieses Müßiggehen nicht länger aus."

„Es ist ordentlich rührend, Dir zuzuhören," fiel Ludwig ein. Am Ende wirst Du eine so tüchtige Schülerin, daß Du eines schönen Tages die alte Grönbeck absetzest und ihre Stelle einnimmst."

„Die gute Alte abzusetzen ist gewiß nicht meine Absicht, aber ich wünsche sie zu unterstützen und selbst etwas Nützliches zu thun", antwortete Nanny.

Erik setzte sich zu ihr und sprach weitläufig von Wirthschaftssachen und wie nothwendig es sei, daß jede Frau damit genau Bescheid wisse. Er dankte ihr, daß sie durch ihren Vorschlag die alte Frau Grönbeck vor Ueberanstrengung bewahren wollte, da diese es doch nie zugeben würde, daß man ihr eine Gehilfin zur Seite stellte.

„Die gute Frau", fuhr Erik fort, „hatte immer gehofft, von einem Theile ihrer Verantwortlichkeit befreit zu werden, sobald eine Frau ins Haus käme und daß dann Alles wieder so eingerichtet werde, wie es bei meines Vaters Lebzeiten gewesen. Aber wie es scheint, soll diese Hoffnung nicht in Erfüllung gehen."

Auf Esther machten Eriks Worte nicht den geringsten

Eindruck. Ihres Mannes Wünsche waren ihr bereits
vollkommen gleichgültig. Sie hatte sich überredet, daß
Alles, was er sagte, langweilig und gewöhnlich sei und
was er jetzt äußerte schien ihr langweiliger und gewöhn-
licher als je. Wollte sich Nanny um die Wirthschaft
kümmern, dann mochte sie es immerhin thun. Für sie
selbst aber war Weben, Kochen, Melken prosaisch. Das
Leben auf Lybo war schon langweilig genug und ihres
Mannes wegen gar ein Opfer zu bringen, dazu hatte sie
durchaus keine Neigung. Ihr größtes und einziges Ver-
Vergnügen fand sie im Lesen von Romanen und das
wollte sie nicht aufgeben. In ihres Vaters Hause hatte
sie überdies nie nöthig gehabt, sich mit Küche, Keller,
Garten u. s. w. zu befassen. Als Frau glaubte sie noch
weniger Anlaß dazu zu haben.

Nanny und Erik setzten ihre Unterhaltung noch länger
fort. Plötzlich aber wandte sich die Erstere an Esther:

„Es hat mich gewundert", sagte sie, „daß Deine
Tante Berg noch keine Einladung von Dir oder Erik
erhalten hat. Sie ist wohl arm, aber dieser Umstand
giebt ihr nur ein um so größeres Recht zuvorkommend

behandelt zu werden. Man hat mir gesagt, daß sie nicht einmal zu eurer Hochzeit geladen war. Ist das möglich?"

„Tante und Vater sind keine guten Freunde," antwortete Esther, „und deshalb konnte von einer Einladung nicht die Rede sein."

„Du hast sie doch wohl nach Deiner Hochzeit besucht?"

„Ein paar Mal, Esther sah einigermaßen betreten aus. Das Bewußtsein, daß der Besuch weniger aus Theilnahme für die Tante als in Folge der plötzlich erwachten Zuneigung zu Andreas gemacht worden war, verursachte diese Verlegenheit."

„Hat Dich die Erik nicht begleitet?" fuhr Nanny fort.

Stillschweigen trat ein. Nanny verstand die Bedeutung desselben und fügte nach kurzer Unterbrechung hinzu:

„Wenn Erik diesen pflichtmäßigen Besuch noch nicht gemacht hat, dann ist Etwas versäumt, was möglichst schnell nachgeholt werden muß. Ladet morgen schon Frau Berg zu Euch ein; nachdem Ihr mehrere Monate verheirathet seid, ist dies wahrlich nicht zu früh. Ihr aber wird es gut thun, wenn sie sieht, daß man sie nicht vergißt."

Nanny hatte einen lange von Esther gehegten Wunsch ausgesprochen, diese aber hatte es nicht über sich vermocht, ihrem Manne deßwegen ein Wort zu gönnen. Sie fühlte sich deßhalb Nanny zu innigem Danke verpflichtet, weil diese in so bestimmmter Weise ihre Ansicht zu erkennen gegeben.

Nanny und Ludwig gingen an das Piano, um ein Quatre-mains zu spielen.

„Du verstehst Deine Karten vorzüglich zu mischen, Nanny", sagte Ludwig. „Du schmeichelst ihren Schwach-heiten und gewinnst sie Beide für Deine Pläne. Es wird mir schwer genug werden, mit meinen wenigen Trümpfen Herr des Spieles zu werden und ihnen Deinen wahren Charakter zu offenbaren."

„Herr des Spieles wirst Du nimmer", sagte Nanny und stellte die Noten zurecht.

Siebentes Capitel.

Bald darnach schlug Erik seiner Frau vor, die Tante Berg zu besuchen. Obgleich Esther es sich zum Prinzip gemacht hatte, allen Vorschlägen Erik's mit einem „Nein" zu begegnen, wich sie diesmal doch von ihrer Gewohnheit ab.

Sie fuhren zusammen nach X. und legten den Weg ohne daß ein Wort zwischen ihnen gewechselt worden wäre, zurück.

Als sie gegen Mittag zurückkehrten, war Frau Berg mit ihnen. Sowohl Esther wie Erik hatte es viel Mühe gekostet, sie zu diesem Ausfluge zu überreden, da sie sich zufällig ein wenig unwohl fühlte. Endlich hatte sie sich durch Esthers dringende Bitten bewegen lassen. Dagegen konnte sie Niemand dahin bringen, die Nacht über auf Lybo zu bleiben. Ihre Unpäßlichkeit hatte zugenommen und sie fuhr deßhalb am Abend nach X. zurück.

Nach ihrer Abreise saßen Esther, Nanny, Erik und Ludwig zusammen und plauderten.

Nanny, welche der armen Wittwe die größte Freundlichkeit bewiesen und sie so zuvorkommend behandelt hatte, als wäre sie die reichste und angesehenste Frau der Gegend, sprach rühmend von ihr und konnte sich nicht genug darüber wundern, daß der alte Roman mit seiner Schwester in Zwiespalt lebte.

Esther schwieg. Sie konnte nicht recht begreifen, weßhalb Nanny ihrer armen Verwandten so viel Aufmerksamkeit widmete. Sie war gewöhnt, mit einer gewissen Geringschätzung auf alle, die kein Vermögen besaßen, herunterzusehen.

Armuth war in den Augen des reichen Hüttenbesitzers Roman, wie in denen vieler anderen Menschen, ein Verbrechen und Esther hatte das Leben und die Menschen stets mit ihres Vaters Augen betrachtet. Nur ihres Cousins wegen wollte sie mit ihrer Tante umgehen; einen einzigen Augenblick darüber nachzudenken, welchen Werth diese Frau besäße, war ihr nicht eingefallen. Sie war deßhalb in hohem Grade überrascht als sich Nanny mit folgenden Worten an sie wandte:

„Wir fahren wohl beide morgen nach X. um zu hören, wie es Tante Berg geht. Hat ihr Unwohlsein zugenommen, so ist es wohl Deine Pflicht, beste Esther, dafür zu sorgen, daß sich Jemand um sie kümmert und sie pflegt.

Hatte Esther Pflichten gegen ihres Vaters arme Schwester? Das war etwas so Neues, daß sie es mit ihrem Fassungsvermögen gar nicht begreifen konnte. Trotzdem widersprach sie nicht, und so wurde beschlossen, daß die Schwägerinnen am folgenden Tage nach X. fahren sollten.

Erik beobachtete Nanny mit großem Interesse; ihn erfreute ihr feiner Takt und er bekundete ihr lebhaftes Gefühl für das Rechte.

Nanny und Esther wünschten den Herren gute Nacht.

Ludwig und Erik blieben im Zimmer, um zu plaudern und noch ein Weilchen zu rauchen.

„Ich begreife Dich nicht, lieber Erik," sagte Ludwig. „Du bist allerdings vier Jahre älter wie ich, aber mir scheint als wärst Du an Verstand zwanzig Jahre jünger."

„Das ist gerade kein sonderliches Lob für meinen Verstand," entgegnete Erik, indem er heftig rauchte.

„Ob Lob oder Tadel, so ist es doch Wahrheit. Was zum T—l hat Nanny hier im Hause zu schaffen?"

„Du scheinst zu vergessen, daß ich Magnus gelobt habe, mein Haus solle so lange auch das seiner Wittwe sein, bis ich ihr eine sorglose Lebensstellung verschafft haben würde. Ich kann das Wort, das ich dem Sterbenden gegeben, doch nicht brechen."

„Das ist recht schön und erbaulich, wenn Du Dein Wort halten willst, aber ein solches Versprechen konnte Dir auch nur ein Mann wie Magnus abnöthigen. Du hättest ja Nanny eine sorglose Lebensstellung verschaffen können, ohne sie hierher zu ziehen. Hier richtet sie nur Unheil an. Deine alte Zuneigung zu ihr soll wieder er-wachen, Deine geringe Ergebenheit für Esther vernichtet werden.

„Wenn es später so geschieht, dann mag sich Esther selbst anklagen. Meine alte Zuneigung für Nanny! Du weißt nicht, welche Thorheit Du damit aussprichst; doch das gehört nicht hierher. Ich bewundere sie, ihren Ver-stand, ihren Takt, aber ich liebe sie nicht." „Sie bewacht mich", murmelte er, „und das quält mich. Laß uns nicht länger von Nanny reden, lieber Ludwig, sondern fasse so

viel Vertrauen zu Deinem Bruder, um anzunehmen, daß
er nie die Gesetze der Ehre verletzen wird."

„Streng genommen haft Du sie schon verletzt, als
Du Liebe heucheltest und ein junges unerfahrenes Mädchen
aus Speculation heirathetest," sagte Ludwig.

„Wohl wahr! Aber that ich es nicht, dann waren
wir alle ruinirt. Ich übernahm die Werke nach Vaters
Tode mit der Verpflichtung, Euren Antheil baar auszuzahlen. Obgleich ich schon zu Vaters Lebzeiten wußte,
wie die Sachen standen, hoffte ich doch auf glückliche
Conjuncturen. Zuvörderst zog ich den Antheil unserer
Stiefmutter aus den Geschäften und dann wurde ich durch
Magnus unsinnige Verschwendung bis zum Aeußersten
gebracht. Du weißt selbst, welche Verluste wir ihm zu
danken haben. Nur durch eine reiche Heirath konnte ich
Lybo für Dich und mich retten. Einen Fehler habe ich
begangen, den einzigen, deffen man mich anklagen darf,
den, daß ich einen gewissen Brief an Esthers Vater schrieb
und darin gestand, daß ich sie nicht liebe. Dieser Brief
fiel einer Tante in die Hände und kam dann in Esthers
Besitz. Wäre dies nicht geschehen, so hätte Esther noch

heut keine Ahnung von der Art meiner Gefühle und unsere Ehe alle Aussicht, eine glückliche zu werden.

Erik seufzte, drückte des Bruders Hand und ging davon.

Ludwig warf die Cigarre fort, ging in der Stube auf und ab und blieb endlich vor Hauptmann Malmberg's und Nanny's Portraits stehen. Er betrachtete zuerst das des Bruders und murmelte:

„Toll sind sie alle, die den Namen Malmberg tragen, aber du warst doch toller als alle anderen zusammen. Das klügste, was Du thun konntest, war zu sterben.“

Dann fielen seine Augen auf Nanny's Bild:

„Ist sie wirklich ein so schlaues und intriguantes Weib, wie man behauptet, dann muß man der Teufel selber sein, um sie zu überlisten. Aber da ich nicht die Ehre habe, mit diesem Herrn verwandt zu sein, so fürchte ich sehr, daß ich ihr nicht gewachsen bin. Es ist doch wunderbar, daß hinter einem so edlen Angesicht sich eine so treulose Seele verbergen kann. Sie ist sehr schön, sehr schön und jung, sehr jung.

Lange Zeit blieb Ludwig gedankenvoll vor Nanny's

Bilde stehen. Nur mit Anstrengung riß er sich endlich los und es ärgerte ihn, daß er sich durch das schöne Gesicht hatte fesseln lassen.

Als er ging, hatte er den Entschluß gefaßt, Nanny nicht mehr zu schaden, aber sie genau zu bewachen.

Achtes Capitel.

Die Schwägerinnen besuchten am nächsten Tage Frau Berg.

Diese war bettlägerig.

Nanny blieb bei ihr und trug Esther auf, während ihrer Abwesenheit die kleine Olga in ihre Obhut zu nehmen.

Tag für Tag verging, ohne daß Nanny nach Lybo zurückkehrte.

Esther fuhr täglich mit Olga nach der Stadt, damit Nanny sich am Anblick ihres Kindes erfreuen könnte, während sie die kranke Wittwe pflegte.

Auf Lybo war es durch Nanny's Abwesenheit recht einsam geworden.

Die Abende wurden unendlich lang, weil sie nicht da war, um das Gespräch zu leiten und die Spannung

6*

in dem Verhältniß der Gatten zu mildern. Anfänglich
hatten Erik und Ludwig versucht, Esther zu zerstreuen,
aber erfolglos. Sie zeigte deutlich, wie sehr sie sich lang-
weilte, wenn Erik vorlas und zwang ihn so, damit auf-
zuhören. Sprach er zu ihr, gab sie kurze und einsylbige
Antworten. Das Resultat war, daß Erik ihr überließ,
sich so gut sie konnte, mit der kleinen Olga zu unterhalten. Erik las nun still für sich selbst, oder spielte mit
dem Bruder oder mit dem Ingenieur. Esther hatte
Niemand, an den sie sich anschließen konnte und fühlte
sich unglücklicher als je.

So waren Wochen vergangen und selbst Ludwig begann zu wünschen, daß Frau Berg's Krankheit ein Ende
nehmen und Nanny zurückkehren möchte; denn es gewährte
immerhin eine Zerstreuung, sie zu bewachen und mit ihr
zu streiten. Die Wortgefechte mit ihr hatten einen
eigenen Reiz für ihn und unterbrachen in vortrefflicher
Weise die tödtliche Langeweile, welche jetzt auf Lybo
herrschte.

„Ich glaube wahrhaftig," meinte Ludwig, „daß die
schlaue Nanny sich nur deswegen zur Krankenwärterin ge-

macht hat, um uns fühlen zu lassen, daß sie unentbehrlich
für unser Aller Wohlbefinden ist."

Eines Morgens wurde Esther durch einen reitenden
Boten aufgefordert, sich sofort zur Tante Caroline zu
begeben.

„Komme ohne Zögern," schrieb Nanny „und bringe
Deinen Vater mit. Es ist ungewiß, ob Tante Berg die Nacht
überlebt."

Esther zeigte das Billet ihrem Manne. Eine Viertelstunde darauf fuhren sie zusammen nach X.

Es verursachte Erik und Esther viel Mühe den
alten Roman zu überreden, daß er seine sterbende Schwester
besuchte; aber endlich gelang es doch.

Alle drei traten in das Krankenzimmer. Nanny saß
an dem oberen Ende des Bettes und sprach milde und
trostreiche Worte zu der Kranken, welche durch Gedanken
an ihren Sohn beunruhigt wurde.

Der alte Gunnar stand am entgegengesetzten Ende
und betrachtete die Kranke mit betrübten Blicken. Als
Roman eintrat, ging ihm Gunnar entgegen und sagte
mit leiser Stimme:

„Es ist gut, daß Du kommst, Du Granitblock; versuche nun Deine Härte wieder gut zu machen. Du hast meiner Treu Deiner Schwester so viel abzubitten, daß Du jetzt nicht mit den alten Dummheiten kommen darfst, sondern danach streben mußt, daß zwischen Euch Beiden Alles ausgeglichen werde."

Roman sollte an seiner Schwester etwas gut zu machen haben, an einer Schwester, die er nie geliebt hatte? Und dennoch beschlich ihn ein sonderbares Gefühl, als er an ihr Krankenbett trat, ein Gefühl, welches bewies, daß sie Kinder von demselben Fleisch und Blut waren. Der alte Groll verflog; er beugte sich nieder über die Kranke und flüsterte ihren Namen. Die Geschwister blickten einander in's Auge. Vergebung und Vergessen des Vergangenen lag in dem Blick, den sie austauschten.

Frau Berg wünschte mit dem Bruder allein zu sprechen, und die Anderen entfernten sich.

Das Gespräch währte lange und als Roman heraustrat, war er in großer Gemüthsbewegung.

Die Kranke nahm Abschied von Esther, dankte für die in jüngster Zeit bewiesene Freundlichkeit und empfahl ihren Sohn der treuen Fürsorge der alten Gunnar.

Ihre Kräfte waren aufgezehrt. Alle gingen, nur Nanny blieb zurück.

Esther begleitete ihren Vater, um in der Stadt zu verweilen, bis die Tante den letzten Kampf vollendet hätte.

Erik fuhr allein nach Lybo zurück und befand sich in wenig angenehmer Stimmung.

Der Besuch bei Frau Berg hatte recht trostlose Betrachtungen bei ihm erweckt. Die Liebe, welche die arme sterbende Wittwe ihrem todten Manne noch immer bewahrte, bildete einen schneidenden Gegensatz zu der Gleichgiltigkeit, die Esther ihm gegenüber an den Tag legte. — Caroline Berg hatte lieber die Last der Armuth und den Zorn des Bruders ertragen, als daß sie von Dem abgelassen hätte, den sie liebte. Wäre sie dem Willen des Bruders gefolgt, dann hätte sie die Gattin eines reichen Mannes sein können; aber sie zog es vor, vereint mit Dem, welchem ihr Herz gehörte, ein Leben voll Entsagungen und Entbehrungen zu führen. Sie, ein Weib, hatte den Muth besessen, dessen er, Erik Malmberg, ein Mann von noch nicht 30 Jahren, ermangelte. Er hatte sich verkauft, um der Armuth zu entgehen. Und nun war er unglücklich. Die Feigheit seines Charakters, die ihn bewog, das Kind, welches jetzt sein Weib war, aufzuopfern, hatte sich bestraft.

Es lag viel Demüthigendes und Selbsterniedrigendes in diesen Betrachtungen. Gern wäre ihnen Erik entflohen, aber er konnte es nicht.

Wir, die wir so glücklich sind, es zu können, verlassen ihn, und kehren zu Frau Berg zurück.

* * *

Im Krankenzimmer herrschte tiefe Stille.

Der Doctor war vor Kurzem gegangen. Er hatte zu Nanny gesagt, daß er keine Hoffnung auf Besserung mehr habe, daß man stündlich das Ende der Kranken erwarten müsse.

Gleich nach des Arztes Fortgang schlummerte Frau Berg ein und schlief nun still und ruhig.

Die Augen auf das abgezehrte Gesicht geheftet, saß Nanny und betrachtete das bleiche Weib. Kaum ein Jahr war vergangen, seitdem sie an ihres Gatten Sterbebett gesessen, seitdem sie seinen Athemzügen gelauscht und er entschlummert war, um nie mehr zu erwachen. In weniger als einer Minute durchlebte sie von Neuem dieses ganze letzte Jahr.

Während der langen düsteren Nacht hatte Nanny hinreichende Gelegenheit, sich ihren Gedanken zu überlassen; sie wurde in keiner Weise unterbrochen.

Der Morgen brach an und Frau Berg schlief noch immer.

Der Arzt kam, betrachtete die Kranke, befühlte ihren Puls und seine Stirn glättete sich. Nanny merkte, daß jetzt von Neuem auf Besserung gehofft werden durfte.

Erst am Nachmittage erwachte Frau Berg. Ihr Gesicht hatte einen ganz anderen Ausdruck bekommen und der Doctor wagte die Hoffnung auf Genesung auszusprechen.

Esther kam mehrere Male im Laufe des Tages, um sich nach dem Zustande der Kranken zu erkundigen. Freudig machte sie am Abend dem Vater Mittheilung über die glückliche Wendung, welche die Kranke heut genommen hatte. Was war natürlicher, als daß Esther sofort an Andreas schrieb und ihm die hoffnungsreiche Botschaft mittheilte.

Esther's Schreiben wurde lang. Sie theilte Alles mit, was die Mutter betraf und gelobte sogar am folgenden Tage fernere Nachricht über den Fortgang der Besserung zu geben.

Auch Nanny schrieb an Andreas, aber erst als alle Gefahr vorüber war und dann nur folgende Worte:

„Eure Mutter ist sehr schwer krank gewesen, aber jetzt gerettet. Während der ganzen Krankheit weilten ihre Gedanken bei ihrem Sohne, dem Gott nun ihr Leben bewahrt hat. Möge er es zu einem glücklichen machen.

Nanny."

Neuntes Capitel.

Caroline Berg's Zustand besserte sich, aber langsam.

Nanny blieb, so lange die Schmerzen andauerten; aber als diese vollkommen überwunden waren, fuhr sie an jedem Abend nach Lybo und an jedem Morgen zur Stadt, so daß sie die Tageszeit bei der Genesenden zubrachte.

Die zärtlichste Tochter hätte ihre Mutter nicht besser pflegen können, als Nanny Frau Berg pflegte. Während sich Nanny so mit der Mutter beschäftigte, schrieb Esther lange, lange Briefe an Andreas und erhielt noch längere Antworten zurück. Es war dies eine angenehme Zerstreuung für Esther. Ihre Gedanken wurden von dem eigenen Herzeleid und ihrer Sehnsucht nach Nanny abgelenkt.

Der Hüttenbesitzer Roman besuchte seine Schwester täglich und erkundigte sich sorglich nach ihren Bedürfnissen.

Bei diesen Besuchen verweilte er vorzugsweise in dem vorderen Zimmer im Gespräch mit Nanny, der er nicht genug danken konnte für all die Mühe, welche ihr seine Schwester verursachte.

Als Nanny anfing, des Abends nach Lybo zu fahren, stellte Roman ihr seine Equipage zur Verfügung und oft geschah es, daß er sie selber hinausfuhr.

Frühling und Sommer waren während der Krankheit Frau Berg's gekommen, als sie endlich von dem Arzte die Erlaubniß erhielt, in ihren Zimmern zu promeniren.

Nanny fuhr jetzt schon frühzeitiger nach Lybo zurück.

* * *

Romans eleganter Jagdwagen hielt wie gewöhnlich vor Frau Bergs Thür und er selbst hatte die Zügel in den Händen. Der Diener, welcher sonst mitzufahren pflegte, war heut davon befreit worden, weil der alte Herr erst am nächsten Tage zur Stadt zurückzukehren gedachte.

Pehr Roman war wenig über 50 Jahre alt, stark und kräftig gebaut, von einem gut erhaltenen Aeußeren. Sein Haar war dunkel, seine Zähne frisch und weiß. Seine Stirn ohne Falten und seine Gestalt groß und ſtattlich. Er machte einen vortheilhaften Eindruck und hatte eigentlich noch nicht angefangen zu altern.

Daher hatte man in der guten Stadt — während der 12 Jahre, daß er Wittwer war, nicht unterlaſſen, ihn bald mit dieſer, bald mit jener zu verheirathen. — Sprach er mit einem unverheiratheten Frauenzimmer, dann erkannte Tante Manuella ſofort darin ſeine künftige Hausfrau. Alle anderen wißbegierigen und wohlunterrichteten Matronen der Stadt X. machten es ebenſo wie Tante Manuella und auf dieſe Weiſe hatten ſie unzählige Male auf ſeine öffentliche Verlobungsanzeige gewartet.

Jahre waren indeſſen vergangen, ohne daß etwas geſchah, und die Theilnahme der Frauen für ſeine Verheirathung hatte ſich etwas abgekühlt.

Aus dieſer Ruhe wurde jedoch Tante Manuella plötzlich aufgeſchreckt, als ſie ihn Tag für Tag mit Frau Hauptmann Malmberg ausfahren ſah.

Es konnte nicht fehlen, daß die junge, ſchöne und wegen ihrer Klugheit und ihres Verſtandes bekannte Nanny ſchließlich den reichen Wittwer einfing. Seitdem ſeine Tochter verheirathet war, hielt ihn keine väterliche Rückſicht mehr ab, eine neue Ehe einzugehen.

Tante Manuella wurde unruhig; sie durfte es nicht zugeben, daß durch eine neue Heirath das Andenken an ihre verstorbene Cousine verunglimpft würde. Sie hatte überdies keine Mühe gespart, um Freunde und Bekannte über den Leichtsinn der Männer im Allgemeinen und Roman im Besonderen zu belehren, und sie betrachtete es als ihre besondere Aufgabe, Heirathen, so viel in ihren Kräften stand, zu verhindern.

An dem erwähnten Nachmittage fügte es sich so glücklich, daß Frau Pastor Granelius in der Stadt war und ihrer guten Freundin Manuella Blix einen Besuch abstattete.

Roman's schöner Jagdwagen fuhr an ihrem Hause vorüber, gerade als die Damen sich zum Kaffee niedergesetzt hatten. Tante Manuella schob die Tasse bei Seite und sprang an's Fenster.

„Sahst Du, theure Cousine, wer vorbei fuhr?" rief sie.

„War's nicht der alte Roman?" antwortete die Pastorin, welche an das andere Fenster geeilt war.

„Allerdings! Aber wer glaubst Du, daß nun wieder mit ihm fuhr?" Manuella öffnete das Fenster und blickte

dem Wagen nach. Die Pastorin folgte ihrem Beispiele.

„Die Wittwe von Lybo, wie ich sehe," rief die
Letztere aus.

„Ja wahrhaftig, und nun fährt sie allein mit ihm,
ohne daß ein Diener mit ist, wie es doch sonst Brauch
und Sitte zu sein pflegt."

Manuella warf das Fenster heftig zu, und die beiden
Damen nahmen ihre Plätze an dem Kaffeetische wieder ein.

Manuella erstattete Bericht, wie oft und an welchen
Tagen der Hüttenbesitzer mit Nanny zu fahren pflegte.
Es war heut das zwanzigste Mal, daß dies geschah.

Die Pastorin beklagte das Unpassende und Anstößige
eines solchen Betragens. Die zweite Tasse Kaffee wurde
zubereitet; aber gerade, als diese ihrer Vorgängerin folgen
sollte, kamen abermals zwei Damen zum Besuch. Sie
hatten sich offenbar auf das Aeußerste angestrengt, um
schnell anzulangen. Kaum hatte man sich gegenseitig be-
grüßt, als sie ausriefen:

„Sahst Du, süße Manuella, Roman und die Haupt-
männin, wie sie ohne jede Begleitung ausfuhren? Bestimmt
macht er ihr heute einen Antrag. Die alte Berg ist nun

frisch und gesund und Frau Nanny hat länger keinen
Vorwand, hereinzukommen und sie zu pflegen. Ja, dieses
Mal kann man die Sache für abgemacht ansehen. Der
alte Narr! Sich mit einem so jungen Frauenzimmer zu
verheirathen! Das ist lächerlich, und sie, das verschmitzte
Ding, ist nur deshalb Caroline Berg's Krankenwärterin
geworden, um auf diese Weise den Goldfisch zu fangen."

„Caroline Berg's Krankenwärterin!" fiel die Pastorin
ein; „Caroline Berg ist also krank gewesen, und ich habe
nichts davon gewußt?"

Die Damen wurden ersucht, Platz am Kaffeetisch zu
nehmen und berichteten nun über Frau Berg's Krankheit,
über die Versöhnung der Geschwister, Nanny's unermüd-
liche Pflege und Roman's vorgebliche Liebe.

„Das ist selbstverständlich," äußerte Manuella mit
gereiztem Tone, „daß Caroline nicht lebensgefährlich krank
war, sondern daß der Doctor in heimlichem Einverständniß
mit ihr und Gunnar Noreström handelte, um Roman zu
einer Aussöhnung zu bringen. Sobald diese herbeigeführt
war, fing Caroline an gesund zu werden. Sie war dann
der Frau Nanny behülflich, sich die Zuneigung des Alten
zu verschaffen. Genug, mein Vetter Roman ist diesmal

gehörig an der Nase herumgeführt worden, und das will ich ihm sagen, sobald ich ihn treffe."

„Ihr seid ja nicht länger befreundet mit einander," fiel eine der Frauen ein.

„Allerdings nicht, aber das hindert mich nicht, ihm die Wahrheit mitzutheilen. Ich bin, Gott sei Dank, nicht arm und abhängig und brauche nicht vor ihm zu kriechen, wie seine Schwester. Ist er so einfältig, mir deswegen zu zürnen, daß ich Esther den Brief gab, den er auf seinem Schreibtische hatte liegen lassen, so hindert mich das doch nicht, meine Pflicht zu erfüllen und ihn zu warnen, wenn er von Intriguen umgarnt ist."

„Welchen Brief? Von welchem Brief sprichst Du?" fiel die Pastorin Granelius ein und ihre Zunge zitterte unruhig.

„Habe ich Dir die Geschichte noch nicht erzählt, meine gute Cölestine? Und doch ist es schon ein Jahr her, daß sie sich zutrug. Aber darf ich nicht noch ein kleines Täßchen bieten?" fragte die artige Wirthin und ergriff die Kaffeekanne.

„Ja, bitte, bitte, aber nur ein paar Tropfen. Ein

M. S. Schwartz. Die Schwägerinnen. I.   7

ausgezeichneter Kaffee, den Du schenkst! Aber was war
das mit dem Briefe?"

„Du sollst gleich hören. Vielleicht kannst Du mir
dann helfen, zu ergründen, weshalb Roman sein einziges
Kind dem Erik Malmberg gab." · Tante Manuella räusperte
sich und fuhr dann mit einer gewissen Feierlichkeit fort:

„Am Tage vor der Hochzeit befand ich mich in
Roman's Hause um Esther zu helfen, denn ich bin ihre
nächste Verwandte von mütterlicher Seite. Ich mußte
natürlich sehen, ob Alles zu dem großen Tage wohl
geordnet war und ging deshalb auch in des Alten Zimmer.
Ich versichere, daß ich mich nur überzeugen wollte, ob das
Hausmädchen gehörig abgestaubt hätte, als ich die Papiere,
die auf seinem Schreibtische lagen, aufhob und dabei einen
Brief fand, den er unter eine Presse gelegt hatte. Bei
meiner Gewissenhaftigkeit wäre es mir nicht eingefallen,
denselben zu lesen, wenn mir nicht die Handschrift bekannt
vorgekommen wäre, und ich Esther's Namen nicht gesehen
hätte. Das mutterlose Kind hat mir immer so sehr am
Herzen gelegen." — Manuella seufzte — — — — „Ich
las deshalb den Brief und fand mit Bestürzung, daß
Malmberg in der unverschämtesten Weise zugestand, er

wolle sich mit Esther, ohne sie zu lieben, nur ihres Geldes wegen verheirathen. Dies schrieb er Esther's Vater und dennoch erhielt er sie zur Gattin. Habt Ihr je so Fürchterliches gehört?"

„Niemals!" riefen Alle im Chor.

„Es war gegen meine Grundsätze, Esther in Unwissenheit über diesen Betrug zu lassen, und ich überlieferte ihr den Brief.

„Sehr recht," erklärte die Pastorin, „ich hätte ebenso gehandelt. Man muß in jeder Weise das Böse in dieser Welt bekämpfen. Ja, das muß man gewiß. Aber trotzdem nahm ihn die arme Esther. Sie hätte ja bei der Trauung nur „Nein" zu sagen brauchen."

„Das fürchtete ich eben. Ich finde kein Vergnügen am Standal und darum zögerte ich ihr den Brief zu geben, bis die Trauung vorüber war. Meine Ansicht ist, daß man vor allen Dingen sich hüten muß, Etwas zu thun, was ärgerliche Auftritte herbeiführen oder allgemeines Aufsehen erregen könnte. Das begreift nun Roman nicht, sondern behauptet, ich hätte aus Bosheit gehandelt, im Zwietracht zwischen Esther und Erik zu säen. Ist das nicht schändlich von ihm?"

7*

„Im höchsten Grade, meine arme Manuella," entgegnete die Pastorin. „Aber was war es nun, was ich ergründen sollte?"

„Die Ursache, aus welcher Roman das Mädchen Malmberg gab, da dessen Geschäfte durchaus schlecht standen und er das Mädchen nicht einmal liebte.

Die Pastorin Granelius lächelte und sah die anderen Damen mit einer gewissen Ueberlegenheit an, als wollte sie fragen, ob eine im Stande wäre, eine zutreffende Antwort zu geben. Da aber alle erwartungsvoll auf sie blickten, öffnete sie ihr Sinungagap und sagte:

„Theuerste Manuella, hast Du den Grund nicht errathen können?"

Manuella schüttelte mit dem Kopfe.

„Siehst Du nicht ein, daß er die Tochter los sein wollte, um sich mit der Wittwe zu verheirathen?"

„Unmöglich!" rief Manuella aus. „Er hatte sie ja nicht gesehen, seit der Zeit, wo sie ein kleines Mädchen war."

„Warte nur! Kaum drei Monate vor Esther's Hochzeit wurde Hauptmann Malmberg beerdigt. Roman war bei dem Begräbniß anwesend, wie mir der Adjunct erzählt hat. Bei dieser Gelegenheit traf er Nanny wieder, die

er zu des alten Malmberg Zeit als Mädchen oft genug
gesehen und hinreichend kennen gelernt hatte. Roman
wußte, daß sie nach ihres Mannes Tode auf Lybo wohnen
sollte. Sie war also in seiner Macht. Als er nach X.
zurückkehrte, gab er seine Einwilligung zu der Verbindung
Erik Malmberg's mit seiner Tochter einzig und allein,
um sie los zu werden. Schon zwei Monate nach der
Verlobung fand die Hochzeit statt."

Die drei Damen staunten die Pastorin voll Bewunderung über ihren Scharfsinn an. Wir lassen sie
ungestört ihre Untersuchungen fortsetzen und wenden unsere
Aufmerksamkeit den Gegenständen dieser Untersuchung
selbst zu.

* * *

Nanny hatte nur allzuwohl gemerkt, daß Esther's
Vater ihr in ungewöhnlichem Grade Höflichkeiten erwies.
Sie sah, daß er ein lebhaftes Interesse für sie an den
Tag legte, aber sie vermuthete nicht, daß sich dieses bei
seinem Alter zu größerer Wärme steigern könnte. Indessen
nahm sie die Beweise von Freundlichkeit die ihr „Onkel
Roman" gab, dankbar entgegen, verstand es, ihre Er-

kenntlichkeit in einer ihm schmeichelhaften Weise auszu-
drücken.

Roman bewunderte die liebenswürdige und schöne
Nanny; sie durfte keinen Wunsch aussprechen, ohne daß
er versuchte, ihn zu erfüllen.

Unkundig über all das Kopfzerbrechen, das sie Tante
Manuella und ihren Freundinnen verursachten, fuhren
Nanny und Roman durch die Stadt und unterhielten sich
über durchaus gleichgültige Dinge.

Nanny unterbrach indessen das Gespräch über das
Wetter, den Weg u. s. w. mit folgender Frage:

„Wie denken Sie Tante Caroline's Verhältnisse zu
ordnen, Onkel, sobald sie vollkommen genesen ist?"

„Ich werde ihr ein anständiges Auskommen geben,
so daß sie nicht mehr für ihren Unterhalt zu arbeiten
braucht," antwortete Roman. „Meinst Du, ich solle es
anders einrichten?"

Er sah Nanny fragend an. Als diese dem Auge
des 50jährigen Mannes begegnete, nahm ihr Gesicht eine
wärmere Färbung an; es lag Etwas für sie Peinliches
in diesem Blick und sie dachte:

„Es ist hohe Zeit, diese Fahrten zu beendigen." Mit
ruhiger Stimme aber sagte sie:

„Onkel sollte seine Schwester in sein Haus nehmen.
Ich kenne sie; sie wird sich nie dazu bequemen, eine Unterstützung anzunehmen, ohne Etwas dafür zu leisten. Bei
Ihnen Onkel, würde sie etwas Nützliches wirken können,
ohne sich anstrengen zu müssen. Ich glaube, daß gerade
für Sie Jemand nöthig ist, der die Aufsicht über das
Hauswesen führt und die Pflichten der Hausfrau erfüllen
kann."

Roman knallte mit der Peitsche; er schien von diesem
Plan gerade nicht sehr eingenommen zu sein.

„Wir sind nie mit einander übereingekommen, Caroline
und ich, und es könnte leicht die Gefahr eintreten,
daß . . . ."

„Keine Gefahr wird eintreten, lieber Onkel," fiel
Nanny ein. „Alles wird auf diese Weise gut werden.
Sie kennen Ihre eigene Schwester nicht. Bei dem täglichen
Zusammensein werden so viele gute und edle Eigenschaften
an ihr hervortreten, daß Sie ganz von selbst dahin gelangen werden, sie von Herzen zu lieben. Ich bitte,
gewähren Sie Tante Caroline eine Heimath im Hause

ihres Bruders, und machen Sie den Rest ihres Lebens
so angenehm und frei von Sorgen, als der frühere Theil
leidvoll und schmerzenreich gewesen ist. Alle Zwietracht
ist ja aus ihrer Heirath entstanden, daraus, daß sie der
Stimme ihres Herzens und nicht Ihrem Willen folgte.
Von jetzt an muß Alles gut werden und nicht wahr,
Onkelchen, Sie nehmen Tante Caroline zu Sich?"

Nanny sah fragend zu ihm auf. Sein ernster Mund
begann zu lächeln.

„Und wenn ich Deinen Willen thue, was bekomme
ich als Lohn?"

„Meine Freundschaft," antwortete Nanny.

„Aber im Falle ich mich wieder verheirathe?" wandte
Roman ein, der durch diesen Lohn nicht ganz befriedigt schien.

„Onkel!" rief Nanny mit gut geheuchelter Verwun-
derung aus, während sie ein leichtes Erröthen nicht verhindern konnte.

„Scheint Dir das unglaublich?"

„Beinahe."

„Mir scheint es sehr natürlich. Ich werde es ohne
Zweifel thun."

„Mag sein," entgegnete Nanny, ohne ihn anzusehen.

Sie fühlte, daß seine Augen auf ihr ruhten. „Das ist aber kein Hinderniß, daß Onkel die Tante Caroline zu sich nimmt. Wenn die künftige Frau ihr Bleiben nicht gern sieht, so kann ja dann eine andere Anordnung getroffen werden. Immerhin ist es für Onkel, bis er verheirathet ist, ein Gewinn, Tante Caroline bei sich zu haben, die sicher nicht ermangeln wird, sein Haus zu einem angenehmen Aufenthalte zu machen. Ich für mein Theil werde häufiger zum Besuch kommen, wenn ich die Tante beim Onkel treffen kann.“

„Dann meinetwegen. Aber gieb mir Deine Hand darauf, daß Du recht oft kommen willst.“

„Hier ist sie.“ Nanny reichte Roman ihre Hand.

„Da wir nun wegen meiner Schwester einverstanden sind, so hoffe ich, daß ihre Anwesenheit in meinem Hause auch die Erfüllung der Wünsche fördern wird, die ich in letzterer Zeit gehegt habe.“

Roman hatte Nanny's Hand festgehalten. Ein Sprung der Pferde, welche erschreckt wurden, zwang ihn, sie los zu lassen, und seine Aufmerksamkeit den Zügeln zuzuwenden.

Die junge Frau benutzte die Gelegenheit, um ein

Gespräch über die Pferde anzuknüpfen. Diese waren Roman's Stolz und Vergnügen. Nanny verstand es mit großer Weitläufigkeit über den schönen Stall des Onkels zu reden, über die kräftigen Reitpferde und das ungewöhnlich schöne Paar, welches den Wagen zog. Sie entwickelte ein so reges Interesse für dieses sein Lieblingsthema, daß sie Lybo erreichten, ehe die Unterhaltung darüber zu Ende geführt war.

Erik, Esther und Ludwig empfingen sie an der Freitreppe. Nanny's Besuche in der Stadt hörten nun auf, denn Tante Caroline zog zu ihrem Bruder und bedurfte Nanny's Pflege nicht länger. Sie blieb jetzt bei Esther, welche sie so schmerzlich entbehrt hatte.

Munterkeit, Frohsinn und Freude, die so lange verschwunden gewesen, kehrten nun wieder zurück.

Wenn Nanny auch nicht im Stande war, wesentlich auf Esther's Gewohnheiten und Beschäftigungen einzuwirken, so vermochte sie doch alle Traurigkeit von ihrem Angesichte zu verscheuchen. Esther war wieder freundlich, sie fand wieder Vergnügen an Gesang und Unterhaltung; sie fühlte sich nicht mehr einsam und unglücklich, denn Nanny war bei ihr.

Esther bewunderte Nanny's Verstand; sie liebte sie
wie eine Schwester und überhäufte sie mit all' der Zärtlichkeit, die sie ihrem Manne zugewendet haben würde,
wenn sie nicht gewußt hätte, daß er sie nur aus Eigennutz und ohne Liebe geheirathet. Immerhin gab es einige
Punkte, in Bezug auf welche es unmöglich war, auf
Esther einzuwirken. Nanny hatte es versucht, aber ohne
Erfolg. Sie mußte der Zeit überlassen, zu bewirken,
was sie nicht selbst vermochte. Sie hatte erfahren müssen,
daß wenn sie Esther ermahnte, freundlich gegen ihren
Mann zu sein, stets das Gegentheil eintrat, und sie ihm
ihre Abneigung nur um so deutlicher zu erkennen gab.
Bei einer solchen Gelegenheit hatte Nanny geäußert:

„Was kann Dich bewegen, einzusehen, daß Dein
eigenes Wohl es fordert, Deine Stellung mit anderen
Augen zu betrachten als Du thust?"

Esther war der Schwägerin um den Hals gefallen
und hatte erklärt, sie würde niemals einsehen, wie man
anders gegen einen Mann handeln konnte, von dem man
betrogen war. Sie hatte gebeten, nicht mehr darüber zu
sprechen. Nanny hatte seit der Zeit geschwiegen.

Erik schien den Entschluß gefaßt zu haben, nie einen

Wunsch gegen seine Gattin auszusprechen, nie sich ihrem Willen zu widersetzen, sobald er sich nur innerhalb der Grenzen der Billigkeit hielt, nur für seine Hütten, für ihren Betrieb und die Ordnung seiner Geschäfte zu leben. Es schien seine einzige Aufgabe, die Familie Malmberg wieder so reich zu machen, wie sie in früheren Zeiten gewesen. Eisenfabrikation und Ackerbau waren die Gegenstände, für welche er sich ausschließlich interessirte. Von Morgen bis Abend arbeitete er und hatte daher wenig Zeit für die Familie.

Seit Nanny's Wiederkunft waren auch die abendlichen Zusammenkünfte wieder angenehm geworden und Erik nahm gelegentlich daran Theil.

Ludwig selbst mußte anerkennen, daß Lybo ohne Nanny unerträglich sei; er hatte während ihrer Abwesenheit nicht einmal das Vergnügen gehabt, sich über sie zu ärgern, wozu ihm jetzt nach Herzenslust Gelegenheit geboten wurde.

„Woher kommt es, daß diese Frau, welche die Meisten für schlau und ränkevoll ansehen, dennoch Frohsinn und Munterkeit um sich verbreitet?" so fragte sich Ludwig, aber ohne darauf antworten zu können.

„Sie ift liftig genug, um fich unentbehrlich zu machen,“
murmelte er, da ihm nichts Befferes einfiel.

Hätte Ludwig fich an uns gewendet, fo würden wir
feine Frage in befriedigenderer Weife beantwortet haben.
Aber da er dies nicht gethan hat, fo fchweigen wir in der
Ueberzeugung, daß der Fortgang unferer Erzählung dem
Lefer die Löfung diefes Räthfels bringen wird.

Zehntes Capitel.

Die Gegend um Lybo war von seltener Schönheit, obwohl die Natur einen wilden und streng nordischen Charakter trug. Hohe Tannenwälder, mächtige Felsgebirge, glänzende Gewässer umgaukeln die Hüttenwerke, die dicht am Ufer eines breiten Flusses gelegen waren.

Das eigentliche herrschaftliche Gehöft — ein südländischer Schmuck in nordischer Einfassung — glich einem verzauberten Eden, hervorgebracht durch eine Kunst, die es verstand, auf das Zweckmäßigste alle Hilfsmittel zu benutzen, welche die Natur darbot. Garten, Park, Gewächshaus waren mit unerhörten Unkosten eingerichtet und ließen nichts zu wünschen übrig.

Der junge Sommer hatte überall seine blühenden Freuden ausgestreut. Park, Wald und Garten glichen lieblichen Mädchen, die im Bewußtsein ihrer Schönheit schämig erröthen. Hoffnung und Wonne schien aus dem

frischen Grün entgegenzuglänzen, zitterte in dem beweglichen Laube der Bäume, strömte hervor aus den Kelchen
und Kronen der Blumen.

An der Front des Wohnhauses lag der große Garten.
Es bildeten ihn zwei breite Terrassen, von denen die
Letzte sanft zum Flusse abfiel. Durch große Glasthüren
trat man vom Wohnhause aus ein. Diese Thüren
schlossen einen langen und breiten Flur, der auch nach
dem Hofe einen Ausgang hatte. Rechts vom Garten lag
der Park, der wiederum vom endlosen Walde begrenzt
wurde. Auf der entgegengesetzten Seite befanden sich
Gewächshaus und Gemüsegarten.

Der Garten war ein viereckiger Grasplan mit Blumen-
beeten, Büschen und Bäumen. Eine breite Allee führte
von ihm hinunter zu den Hüttenwerken.

Man hatte zu Mittag gegessen. Jedermann hatte
sich an seine Arbeit begeben, der Ingenieur zu den Schmelzöfen, Erik in sein Comptoir und Ludwig auf die Felder.

Esther hatte sich in die Bibliothek, die im Erd-
geschosse lag und deren Fenster nach dem Park hinaus-
gingen, zurückgezogen.

Die kleine Olga spielte mit den Kindern des In-

spektors und Nanny trat durch die Glasthür in den
Garten. Sie hielt einen Augenblick inne, um das Bild,
das sich ihr darbot, zu betrachten. Es war ein schönes
Bild. Ein Seufzer entstieg ihrer Brust.

„Für wie so Vieles hat doch der Mensch dem All-
gütigen zu danken," dachte sie. „Das Leben ist so schön
und wir Sterblichen könnten so glücklich sein, wenn wir
verständen, es zu genießen."

Ueber Nannys Zügen war Etwas wie Wiederschein
wirklichen Glücks ausgebreitet. Es sah aus, als könnte
dieses Gesicht nie andere als frohe und wohlthuende Gefühle offenbaren. Die Sorge mußte ein Frembling in
ihm sein.

Nachdem sie ihre Blicke an dem Anschauen der herr-
lichen Natur gesättigt hatte, ging sie langsam zu der
breiten Steintreppe, die zur zweiten Terrasse führte.
Eine schattige Allee durchschnitt hier den Garten und
leitete zum Ufer des Flusses hinab, wo eine Art Altan
erbaut war.

Dort setzte sich Nanny. Sie legte ihr Nähzeug von
sich, stützte die Arme auf das Geländer, schaute hinunter
in die bewegliche Wasserfluth, und lauschte dem dumpfen

Donner des Wasserfalls. Die Vögel stimmten ein in den brausenden Sang und der Wald stöhnte dazu seine macht-volle Begleitung.

Nanny lächelte, ihre Wangen rötheten sich. Sie war unsagbar glücklich und schön.

Aber sie sollte sich nicht lange ungestört ihres Glückes erfreuen.

Schritte klangen an ihr Ohr. Ein leichter Schatten flog über ihr Angesicht, als sie die Hand nach ihrer Arbeit ausstreckte und ihren Blick von dem Fluß und seinen hohen Ufern abwandte.

Der sich näherte, ging nicht mit leichten elastischen Schritten. Es lag in seinem Gange etwas Gewichtiges, Nachdrückliches, Selbstbewußtes.

Es war der Hüttenbesitzer Roman.

Nanny's Augenbrauen zogen sich zusammen und sie begann mit Eifer ihre Näherei.

„Guten Tag, Nanny," sagte Roman, und reichte ihr seine Hand.

„Guten Morgen," lieber Onkel, antwortete Nanny freundlich. „Wie geht es Tante?"

Keine Spur von Mißvergnügen war nunmehr in Nannys Antlitz zu entdecken.

„Es geht ihr gut. Sie ist heut nach Grytshammer gefahren um nachzusehen, wie es dort steht. Ich habe ihr vorgeschlagen, daß sie mit Andreas und mir dort den Sommer zubringen soll."

„Andreas! Soll Andreas kommen?" fragte Nanny einigermaßen beunruhigt.

„So wünsche ich, aber Caroline, die stets das Entgegengesetzte wünscht, will davon Nichts wissen und sucht zu verhindern, daß der Bursche nach Hause kommt."

Roman setzte sich neben Nanny.

„Tante thut Recht," erklärte Nanny, „und streng genommen, lieber Onkel, handelt sie, glaube ich, immer, wie sie handeln muß." Nanny sprach dies Alles mit dem einnehmendsten Lächeln aus.

„Woher hast Du denn diese Ueberzeugung?" fragte Roman.

„Weil Andreas seine Cousine Esther liebt; nicht, wie es ein junger Mann unter den bestehenden Verhältnissen wohl darf, sondern in ganz unvernünftiger Weise. Das, glaube ich, wußte Onkel schon, aber was Sie nicht

wußten ist, daß Esther möglichen Falls, sobald er in ihre
Nähe kommt, diese Liebe erwiedert. Sie schütteln den
Kopf, aber denken Sie daran, daß Esther eine ganz
andere Natur ist, als ihre verstorbene Mutter. Ihre
Tochter kann nicht vergessen, daß ihr Mann sie getäuscht
hat, und aus Aerger darüber hat sie ihre Gedanken dem-
jenigen zugewandt, der sie noch immer abgöttisch verehrt. Nun, lieber Onkel, wie würden Sie Tante's
Handlungsweise benennen, wenn sie Ihren Willen thäte
und Andreas wieder in diese Gegenden kommen ließe."

„Thöricht, sicherlich! Aber sie hätte mir alles dies
selbst sagen können."

„Onkel, sie ist Mutter und es würde ihr schwer
werden, von dem Sohne Etwas zu sagen, was ihn herab-
setzen könnte. Sie fürchtete immer, Sie möchten deßwegen
zürnen, was ich hingegen nicht voraussehe."

„Da hast Du Recht, Dir kann man nicht zürnen,
nicht einmal, wenn Du mit einem „Nein" dem Wunsche
begegnen solltest, den ich Dir jetzt mitzutheilen habe."

Roman schwieg.

Nanny strömte das Blut zum Herzen.

„Ich habe in meiner Jugend nie ein Weib geliebt,

8*

begann er. Meine Frau hatte ich herzlich gern, aber Liebe fühlte ich nicht. Zu jener Zeit nahmen mich meine Geschäfte und die Mehrung meines Vermögens in Anspruch. Dies allein beschäftigte mich und war Ziel alles meines Strebens. Esther habe ich am Meisten von allen lebenden Wesen geliebt; aber die Zärtlichkeit für sie konnte mich den Geschäften nicht abwendig machen. — Durch die Krankheit meiner Schwester kam ich in nähere Berührung mit Dir. Bald fülltest Du ausschließlich all mein Denken aus. Mit funfzig Jahren bin ich so verliebt, daß ich für Dich alles aufopfern könnte, was bisher für mich von Werth gewesen. Meine Thätigkeit, meine Geschäfte bekümmern mich jetzt wenig. Was ich auch vornehmen mag, überall verfolgt mich der Gedanke an Dich, der Wunsch, Dich an meiner Seite zu sehen. Willst Du meine Gattin werden, Nanny?"

Nanny machte eine Bewegung, als ob Jemand sie mit einem glühenden Eisen berührt hätte.

Roman nahm diese Bewegung wahr, aber er war zu klug und praktisch um etwa daraus zu schließen, daß Nanny die Gefühle des alten Freiers theilte. Er rechnete nicht darauf, irgend welchen tiefen Eindruck hervorgebracht zu haben, aber darauf, daß Klugheit und Ueberlegung sie dahin bringen würden, die Frau des reichen Mannes zu werden. Ihre Dankbarkeit sollte ersetzen, was ihr an Liebe abging und dies erschien Roman um so leichter, da auch er Nanny für ein überaus verständiges Weib hielt.

Da Nanny nicht sofort antwortete, fuhr er fort:

„Denke darüber nach, Nanny, ehe Du einen Entschluß faffest. Ich bin reich und Du bist arm. Werde nicht blaß bei diesem Wort; es ist die Wahrheit. Dein Mann hat Dir nur 4—5000 Reichsthaler hinterlassen. Der Hauptmann war zahlungsunfähig als er starb, obwohl dies ein Geheimniß sein soll und in Folge eines Uebereinkommens zwischen den Brüdern Erik sich verpflichtete für Dich und Olga zu sorgen. Ich war dabei als dies Document während der letzten Krankheit Deines Mannes aufgesetzt wurde; ich kenne also die ganze Angelegenheit. Ich, Nanny bin im Stande, Dir alle die Vortheile zu bieten, die ein solides Vermögen mit sich führt, und überdies all die Freude, die ein Weib empfinden muß, welches sich von einem redlichen Manne geachtet und geliebt weiß. Sterbe ich, erhältst Du ein Wittwengeld von mindestens 200,000 Reichsthalern. Es ist ein großer Vortheil Vermögen zu besitzen und daß ich ein böser Ehemann sein sollte, hast Du nicht zu befürchten.

Nanny blieb stumm.

Sie hatte bisher geglaubt, mindestens 40 bis 50 Reichsthaler zu besitzen, und daß diese einen Theil von Erik's Betriebs-Capital ausmachten. Das Abkommen, welches zwischen ihrem Manne und Erik getroffen worden, war ihr in seinen Einzelnheiten unbekannt geblieben und erst jetzt wurde sie in einer für ihr stolzes Herz tief be-schämenden Weise davon in Kenntniß gesetzt.

„Versprich mir, meinen Vorschlag zu bedenken und in einer Woche Antwort geben zu wollen, nahm Roman wiederum das Wort. Ich würde mich glücklich schätzen, wenn Dein Herz auch nur ein wenig Zuneigung zu dem Manne fühlte, der Dir das Seine bietet."

„Theurer Onkel, sagte Nanny mild, muß ich erst noch versichern, daß ich für Esther's Vater wahre Freund-schaft hege? Ich glaubte, davon wären Sie hinlänglich überzeugt. Ernstlich will ich Ihren schmeichelhaften und ehrenvollen Antrag überlegen und nach gewissenhafter Prüfung meine Antwort geben.

Roman küßte ihre Hand. Ein leises Rascheln im
Laube wurde hörbar und Ludwig trat zu ihnen.

Roman erhob sich, erklärte, daß er nun seinen
Schwiegersohn aufsuchen wollte, nahm Ludwigs Arm und
zog ihn mit sich fort.

Nanny blieb sitzen.

Die Luft war noch so rein, die Sonne noch so klar,
denselben Duft athmeten die Blumen aus und mit demselben Glanze eilten des Flusses silberne Wellen dahin
wie wenige Augenblicke vorher — aber Nanny war nicht
so glücklich mehr. Sorge und Schmerz wechselten unruhig in ihrem Angesicht, bis es endlich einen starren
kalten Ausdruck annahm.

Der Verstand hatte die Herrschaft gewonnen und
den Gefühlen zu gehorchen befohlen. Ruhig wog Nanny
die Vortheile ab, die der gemachte Antrag bot, und ließ
dabei die Schattenseiten nicht außer Acht.

Stolz und Hochmuth flüsterten: Durch diese Heirath
gewinnst Du Ansehen und Reichthum nicht nur für Dich,
sondern auch für Dein Kind." Es lag etwas Verführe-
risches in diesem Raisonnement und der Verstand zeigte
Neigung, mit seinen Unterthanen gemeinsame Sache zu

machen. Herz und Gewissen aber riefen: „Sollen diese Vortheile mit einem Meineid erkauft werden?" „Liebe ist Thorheit,"| wandte der Verstand ein und Du darfst niemals lieben!

Eine Stunde lang saß Nanny überlegend und berechnend, welchen Entschluß sie fassen sollte. Endlich erhob sie sich, schüttelte mit dem Kopf als wollte sie sich von all diesen Gedanken befreien und rief:

„Nein! Nun will ich Esther aufsuchen."

Diese zu finden war nicht schwer. Sie lehnte in einem Fauteuil der Bibliothek und las den Schluß der „Wahrsagung" von Sue.

„Wahrhaftig, Du bist noch hier, rief Nanny aus; wie ist es nur möglich, dieses enge Zimmer Gottes freier Natur vorzuziehen, besonders an einem so schönen Tage wie der heutige ist."

Esther blickte durch das Fenster.

„Ja, es ist wirklich schönes Wetter," sagte sie. Ich habe das vorher gar nicht bemerkt; aber es wird während des Sommers noch viele solche Tage geben. Sie begann wieder zu lesen.

„Ich glaube, Du kannst Dich von dem abscheulichen

Roman noch nicht trennen. Das geht nicht, theure Esther. Lege das Buch fort und mache einen Spaziergang mit mir. Ich kann nicht begreifen, was für einen Genuß Du an diesen Schilderungen verbrecherischer Liebe und glänzender Lasterhaftigkeit finden kannst. Ich bin überzeugt, daß man sicherlich kein besserer Mensch wird, wenn man solche Sudelei liest. Nun mach aber keine saure Miene, sondern komm; ich habe nothwendig mit Dir zu reden.

Esther zeigte zwar keine große Neigung zum Spaziergange, aber sie war stets gern mit Nanny zusammen.

„Wir wandern durch den Park," sagte Nanny, sobald sie in freier Luft waren und legte ihren Arm in Esther's.

„Hast Du Deinen Vater gesehen?" fragte sie nach einer kleinen Pause.

„Ist mein Väterchen auf Lybo? Das ist sonderbar; ich habe ihn nicht gesehen.

„Vor einer Stunde sprach er mit mir. Darauf begleitete er, glaube ich, Ludwig nach dem Comptoir.

„Dann werde ich ihn wohl zum Abendessen sehen. Er ist wenigstens Einer, von dem ich weiß, daß er mich liebt. Er schätzt mich höher als sein Geld und das ist mehr, als mein Mann thut."

„Hast Du Dir nie die Möglichkeit gedacht, daß Dein Vater sich wieder verheirathen könnte?"

„Mein Vater sich verheirathen, eine Frau nehmen, die meine Mutter ersetzen sollte. Mein Vater Jemand finden, den er höher liebte, als mich! Das wäre fürchterlich und niemals könnte ich der verzeihen, die mir solches Leid anthäte. Niemand könnte mich dazu bewegen mit meiner Stiefmutter umzugehen. Nichts auf Erden ist hassenswürdiger als Stiefeltern."

„Du sprichst wie ein selbstsüchtiges Kind und ohne allen Verstand," fiel Nanny ein. Denke nur, wenn alle so gesonnen wären wie Du, dann stände es traurig in der Welt. Wittwen und Wittwer wären zum Alleinsein verdammt. Dein Mann und seine Brüder dachten anders als ihr schon funfzigjähriger Vater sich mit meiner Schwester verheirathete. Mit größter Freundlichkeit kamen sie der Stiefmutter entgegen, und erwiesen ihr jegliche Aufmerksamkeit, obwohl der älteste Stiefsohn bedeutend älter war als Marianne.

Esther schaute Nanny an:

„Es ist doch wohl nicht wahr, worauf Tante Manuella als sie neulich hier war, hindeutete," rief Esther aus.

„Und was ist das?"

„Daß mein Vater um Dich gefreit hat."

„Hat Dein Vater dergleichen der Tante Manuella anvertraut?"

„Das nicht, aber sie behauptet, ihre Wahrnehmungen gemacht zu haben."

„Die Wahrnehmungen, welche die gute Tante nach dieser Richtung hin macht, haben sich leider immer als falsche erwiesen; aber laß uns Spaßes halber, annehmen, daß sie in diesem Falle richtig wären, was würdest Du dann sagen?"

Esther warf sich nieder auf den Rasen und verbarg ihr Gesicht in den Händen.

„Ich würde Nichts sagen, rief sie leise, aber weinen würde ich, weinen, mein ganzes Leben lang. Ach, Nanny, fügte sie hinzu und blickte auf, jetzt fühle ich, daß mein Vater, sollte er Dich lieben, sich nie mehr um mich kümmern würde. Du bist so gut und von so liebenswürdigem Charakter und mein Vater würde thun, wie sie Alle gethan, wie Erik, Ludwig, Tante Caroline gethan, er würde mich vergessen, um Dich allein zu lieben. Ich selber liebe Dich ja mehr als irgend wen und dann wäre ich allein, dann hätte ich Niemand, dem mein Herz gehörte und mir bliebe nur übrig hinzugehen und zu sterben."

Esther verbarg von Neuem ihr Gesicht in den Händen. Sie weinte, aber nicht so heftig und gewaltsam wie sie sonst zu thun pflegte, wenn ihr etwas Unangenehmes zustieß, sondern leise und bitterlich.

Nanny beobachtete sie schweigend. Endlich sagte sie, gleichsam ihren eigenen Gedankengang fortsetzend:

„Du liebst mich und liebst Deinen Vater und Deine Liebe macht Dich eifersüchtig. Hast Du denn keine Spur von Liebe für Deinen Mann, Esther?"

„Das fragst Du?" Esther sprang auf. Liebe für einen Mann, der mich betrog! Nein, niemals! O, es giebt Stunden, wo . . . ."

„Still, sprich nicht so überspannte Worte aus. Dort kommt Dein Vater mit Erik."

Nanny strich Esthers in Unordnung gerathenes Haar glatt und flüsterte ihr zu:

„Das Romanlesen regt Deine Phantasie auf und

verwirrt Deinen Kopf, so daß Du Dich gegen den,
welchen Du liebtest, für erbitterter hältst, als Du es
wirklich bist."

„Daß ich ihn liebte, habe ich vergessen und ich mag
nicht daran erinnert sein; aber es ist nutzlos, über diese
Sache Worte zu verlieren. Ich will jetzt wissen, ob mein
Vater Dir einen Antrag gemacht hat? Sag es mir, ehe
ich mit ihm zusammentreffe."

„Du bist ein thörichtes Kind. Du verlangst, daß
das Leben Dir jedes Glück bieten soll, aber Du selbst
bist zu keinem Opfer bereit. Sei ruhig; Dein Vater
wird stets seine Tochter mehr als irgend Jemand Anders
lieben; ich wenigstens werde Dir seine Liebe nicht rauben;
kann ich sie nicht vermehren, so will ich sie doch nicht
vermindern."

Nanny küßte Esthers Stirn. Bald darauf traten
die Herren zu ihnen. In Folge der Gemüthsbewegung,
die sie soeben gehabt, hatte Esther eine wärmere Farbe
erhalten und war nun so schön, daß sie Nanny verdunkelte.

Nanny's Züge waren fein, fast zart, das Profil
klassisch, die Augen lagen tief; jeder Theil des Gesichtes
war regelmäßig; etwas Glänzendes fand sich nicht darin;

es hatte etwas von der Ruhe des Marmors. Die dunklen
Augen leuchteten nur, zuweilen blitzten sie, aber sie er-
wärmten nicht. Dieser forschende und durchdringende
Blick, im Verein mit ihrem ruhigen Lächeln, gab ihrem
Gesichte das Gepräge kalter Berechnung, das jedoch sofort
verschwand, wenn sie zu sprechen begann.

Esther dagegen war gleich schön, ob sie schwieg oder
sprach, ob sie sich in guter oder schlechter Laune befand,
ob sie lebhaft oder gelangweilt war. Sie glich einem
schön gebundenen aufgeschlagenen Buche, dessen Inhalt
sich sofort erkennen ließ.

„Meine Gattin ist so schön, daß sie jeden Mann
entzücken würde," dachte Erik, als er vor den jungen
Frauen stand. Wie traurig, daß sie nicht vergeben kann,
fuhr er fort. Thäte sie dies, dann hätte auch ich sicherlich schon längst das Vergangene vergessen."

„Ich glaube die Damen haben einen kleinen Auftritt gehabt," äußerte Erik und blickte Nanny fragend
an. „Esther sieht so erregt aus, fügte er hinzu, indem
die Falten auf seiner Stirn hervortraten.

Nanny that, als ob sie seine Worte nicht gehört
hätte, sondern wandte sich mit einigen Bemerkungen über

die Schönheit des Parkes an Roman. Esther aber entgegnete ihrem Manne:

„Zwischen Nanny und mir finden niemals Auftritte statt; wir sind zu ehrlich und aufrichtig gegen einander um in Zwiespalt gerathen zu können. In der That war ich erregt, aber dies kam daher, daß ich einen Augenblick fürchtete, Esthers Liebe zu verlieren, die mir jetzt Alles ist." Esther ergriff ihres Vaters Hand, küßte sie und fuhr fort:

„Du böser Papa, ich müßte Dir eigentlich zürnen, weil Du nicht früher zu mir gekommen bist, obwohl Du weißt, daß außer Dir und Nanny Niemand meinem Herzen theuer ist. Esther schlang die Arme um des Vaters Hals und zog ihn an ihre glühenden Wangen.

Erik biß sich auf die Lippen.

Nanny lächelte und sagte mit einem sonderbaren Ton der Stimme:

„Mir träumte heute Nacht, daß ich Lybo verließ und Erik war mein Kutscher, als ich von hier fortfuhr."

Erik's Stirn verdüsterte sich noch mehr.

„Der Traum kann leicht in Erfüllung gehen," fiel Roman scherzend ein, und dann mögen die Bewohner von

Lybo sich damit unterhalten einander das Leben so schwer als
möglich zu machen; Du, liebe Esther scheinst dies wenigstens
als Deine Aufgabe zu betrachten. Es sollte mich nicht
wundern wenn Erik all seine Neigung Dir ab und einer
Anderen zuwendete."

„Esther schien noch erhitzter zu werden; ihre Augen
blitzten und sie öffnete die Lippen, um zu antworten;
der Vater aber legte seine Hand auf ihren Mund.

„Zwinge mich nicht zu bereuen, daß ich stets milde
und nachgiebig gegen Dich gewesen bin," sagte er in
strengem Tone." Das aber geschieht, sobald Du wiederum
Worte aussprechen solltest, die eine thörichte Auffassung
Deiner Stellung und ein noch thörichteres Herz verrathen."

Roman nahm der Tochter Arm und legte ihn in den
seinigen. Sie gingen dem Hause zu. Erik und Nanny
folgten, aber Niemand sprach ein Wort. Nanny sah ungewöhnlich nachdenkend aus.

Der alte Hüttenbesitzer blieb den ganzen Abend auf.
Lybo und es gelang Nanny eine angenehme Stimmung
herbeizuführen. Bald sprach sie über Gegenstände, welche
die anwesenden Herren interessirten, bald scherzte sie mit

Esther, so daß sich ihre finstere Stirn erhellte und sie hatte endlich die Befriedigung, die Gesicher Aller aufgeheitert zu sehen, selbst Ludwig's, der nicht am wenigsten mißvergnügt war. Später als gewöhnlich schied man von einander. Die Herren hatten auf der oberen Terrasse Platz genommen, um zu rauchen; Nanny und Esther leisteten ihnen Gesellschaft bis sich der alte Roman erhob, um nach Hause zu fahren. Esther schlich sich zum Vater, umarmte ihn und flüsterte mit schmeichelnder Stimme:

„Papa, Du zürnst mir doch nicht?"

Es lag so viel Milde und Sanftmuth in Stimme und Blick, Roman fand seine Tochter so liebreizend, daß es unmöglich war, länger die Rolle des Erzürnten ihr gegenüber fortzusetzen. Hätte er sich streng zeigen können, so würde er Esther vielleicht zu einer Aenderung ihres Betragens gezwungen haben. Aber Roman dachte nicht daran, sondern umarmte und küßte die Tochter und versicherte, daß er seinem Liebling unmöglich zürnen könnte.

„Schwachheit, Schwachheit," dachte Nanny, als sie dem „Onkel Freier" die Hand zum Abschied reichte.

„Welch herrliches Weib, wie viel Tact und Verstand,"

dachte Roman, als er abfuhr, und vergaß unter diesen Gedanken seine Pferde zu bewundern.

An diesem Abend ging Nanny sofort in ihr Zimmer, ohne, wie sonst gewöhnlich, sich erst ein Weilchen mit Esther zu unterhalten.

Die kleine Olga schlief. Die junge Mutter trat an ihr Bett und betrachtete das schlummernde Kind. Die Hände auf die Bettkante stützend, beugte sie sich über die Kleine.

„Als ich mich mit Magnus Malmberg verheirathete, da geschah es ihretwegen, die damals mein ganzes Herz ausfüllte. Ich war nicht glücklich in meiner Ehe; von Allen wurde ich verkannt. — Jetzt, mein süßer Liebling, kann ich, indem ich mich abermals ohne Liebe verheirathe, Dich reich und unabhängig machen. — Was thut es, wenn ich wieder unglücklich werden sollte.

Sie küßte das schlummernde Kind, erhob sich hastig und entfernte sich von dem Bett, als ob sie den Einfluß fürchtete, den die Schlafende auf sie ausüben könnte.

„Wenn ich Frau Roman werde, so zerstöre ich mit einem Schlage alle Bande, die mich an Lybo fesseln. Man müßte sich dann hier ohne mich behelfen." Sie warf sich in einen Lehnstuhl, streckte die Arme empor und flüsterte: „Ich will reich werden, reich und mächtig durch mein Geld, und dann fort mit allem närrischen Grübeln. — Ich bin nicht länger ein Kind, das umhergeht und von Glück und Liebe träumt, sondern ein kluges und denkendes Weib, das für seines Kindes Zukunft lebt. Als ich noch ganz jung war, spielte die Liebe zu grausam mit meinem Herzen, als daß ich ihretwegen das Loos, welches mir jetzt geboten wird, zurückweisen sollte. Die Gewißheit, daß mein Mann zu Grunde gerichtet war, als er starb, ändert meine und meines Kindes Stellung. Wir essen Erik's Gnadenbrot. — O, welche gräßliche Demüthigung in dem Gedanken! —"

Dieselbe Nanny, die am Nachmittage so glücklich und so zufrieden schien, beugte nun ihr Haupt, um die bittersten Thränen über ihr Elend zu weinen.

Elftes Capitel.

Froh und sorglos begannen die Vögel ihren Gesang, als die Sonne im Osten emporstieg. Die Blumen lächelten freundlich, die Blätter tanzten, das Gras beugte sich hin und her und die Wasserfälle brausten. Alles rings um Lybo schien lauter Freude und Glück zu sein; aber innerhalb seiner stolzen Mauern herrschte an diesem Morgen vielerlei Unruhe. Die kleine Olga war während der Nacht krank geworden und ein reitender Bote zum Arzte geschickt.

Esther befand sich bei der betrübten Mutter. Das kranke Kind zeigte alle Symptome der Bräune, welche zu dieser Zeit unter den Kindern der Gegend herrschte. Was man bei solchen Gelegenheiten vor der Ankunft des Arztes anzuwenden pflegt, war angewendet worden. Nanny kniete an des Kindes Bett und lauschte ängstlich auf jeden

Laut, der die Ankunft des Arztes verkündigen könnte. Eine endlose Stunde verfloß, als sein Wagen anlangte; Nanny sprang auf und flog ihm entgegen, um ihn so schnell wie möglich zu Olga zu führen.

Der Doctor untersuchte das Kind und machte ein bekümmertes Gesicht. Die Kleine war von der gefährlichen Krankheit in hohem Grade ergriffen; er sagte Nanny geradezu, daß er nicht viel Hoffnung hätte. Einige Stunden später gab es keine mehr und nach abermals einigen Stunden hatte die kleine Olga sich zu einer bessern Welt emporgeschwungen.

Während dieser für eine Mutter so qualvollen Zeit hatte Nanny nicht eine Thräne geweint, und als Alles vorüber war, sah sie aus, wie ein Marmorbild. Am folgenden Tage lag sie krank darnieder und ihr Leben war in Gefahr.

Bei der ersten Nachricht von den traurigen Ereignissen auf Lybo eilte Frau Berg herbei und blieb, um bei Nanny zu wachen. Esther und sie pflegten die arme Mutter mit aller Sorgfalt. Aber Wochen vergingen trotzdem, ehe der Kampf zwischen Leben und Tod beendigt war. Der Sommer war vorüber und das Laub ver-

welkt, als man endlich sagen konnte, daß sich Nanny auf
dem Wege der Besserung befände; aber erst nach Weih-
nachten durfte sie ihr Zimmer verlassen und den Salon
besuchen.

Roman kam täglich nach Lybo und brachte stets
etwas mit, was Nanny erfreuen oder erquicken konnte;
Esther war unermüdlich, immer neue Ueberraschungen für
sie zu erdenken.

Frau Berg, eine kluge und verständige Frau, die
selbst vielerlei durchgemacht, hatte Nanny während ihrer
Krankheit aus dem Zimmer, in welchem Olga starb,
heraustragen und in die Parterre-Räumlichkeiten bringen
lassen, die sonst benutzt wurden, um Gäste zu beherbergen.
Sie lagen nach dem Garten hinaus, so daß weder Aussicht noch Mobilien an den erlittenen Verlust erinnerten.
Olga's Name wurde nie genannt, und auch die Wärterin
der Kleinen war durch Frau Berg entfernt worden. Sie
befand sich jetzt als Hausmädchen auf Grytshammer.

Nanny selbst hatte nicht ein einziges Mal die kleine
Olga erwähnt. Sie sprach im Allgemeinen wenig, lächelte
niemals, nicht einmal, als Ludwig ihr einen Brief von

ihrer Schwester Marianne, die gleichzeitig Stiefmutter der Malmbergs war, übergab.

Ihr Schmerz war so groß, daß es keine Worte dafür gab, und man fühlte, daß es vergeblich sei, sie über ihren Verlust trösten zu wollen.

Während der langen Krankheit und der langsamen Genesung hatte Nanny's Zuneigung zu Esther an Stärke gewonnen; sie war ihr das Theuerste, was ihr Herz besaß. Auch Esther's Freundschaft hatte einen ernsthafteren Charakter angenommen.

Esther las und spielte für Nanny, urtheilte über das Gelesene, berichtete unterhaltende Neuigkeiten und legte, so viel Milde und Liebenswürdigkeit an den Tag, daß sie Nanny in einem ganz neuen und anziehenden Lichte erschien.

Als der Frühling dem Winter wiederum gefolgt war, hatte sich Nanny vollkommen erholt. Der Arzt erlaubte ihr an milden Tagen kleine Ausflüge zu machen und als der Garten im Frühlingsschmucke prangte, hatte sie hinreichende Kräfte gewonnen, um allein in ihm umherzuwandern. Monate lang hatte die kleine Olga an der Seite ihres Vaters in der Familiengruft geruht, aber

Nanny war noch nicht dort gewesen, sie bebte vor einem
Besuche des Friedhofs zurück.

Es war an einem Sonnabend.

Nanny und Esther hatten den ganzen Nachmittag im
Park zugebracht. Die Letztere hatte der Ersteren vor-
gelesen und fühlte sich glücklich, mit ihrer theuern Nanny
allein sein zu können. Sie hatten damit aufgehört und
befanden sich auf dem Rückwege vom Parke, um in Ludwig's und des Ingenieurs Gesellschaft das Abendessen
einzunehmen. Erik war verreist.

„Denkst Du morgen nach der Kirche zu gehen?"
fragte Nanny.

„Glaubst Du, mein Engel, daß ich Dich verlassen
könnte, um eine langweilige Predigt anzuhören? O nein,
das ist unmöglich," erklärte Esther.

„Ich hätte Lust hinzufahren."

Esther schwieg.

„Begleitest Du mich?" fragte Nanny.

„Wohin Du gehst, dahin gehe ich auch," antwortete
Esther.

Als sie in das Haus eintraten, hielt Roman's Equipage an der Einfahrt des Hofes, so daß sie mit ihm auf

dem Flur zusammentrafen; aber er war nicht allein, Erik begleitete ihn.

Der junge Fabrikherr war mehrere Wochen abwesend gewesen. Bei seinem Anblick veränderten sich Esther's und Nanny's Gesichtszüge.

Esther sah unmuthig und kalt aus. Nanny's Gesicht nahm eine wärmere Färbung an und ein schwaches Lächeln spielte um ihre Lippen, als sie ihn begrüßte.

Dies Lächeln war das erste seit Olga's Tode.

Esther begrüßte ihren Mann in einer Weise, als ob er nur ein Paar kurze Stunden entfernt gewesen wäre, und ihr Unwille steigerte sich, als sie bemerkte, daß sein Anblick ein Lächeln auf Nanny's Lippen hervorrufen konnte, etwas, das sie trotz all' ihrer Liebe nicht vermocht hatte.

Erik küßte flüchtig Esther's Stirn, ergriff dann Nanny's Hand und sagte mit dem Ausdruck innigster Herzlichkeit:

„Wie freut es mich, Dich wieder wohl und munter zu sehen. Ich wünsche Dir Glück zu Leben und Gesundheit!"

„Dank. Erik," antwortete Nanny. „Sei selbst willkommen in Deinem Hause. — Warst Du in England?"

„Ich komme von dort."

Beim Abendessen war die ganze Familie versammelt. Esther hatte wiederum das reizbare und abstoßende Betragen angenommen, das sie stets bei ihres Mannes Anwesenheit zeigte. Nicht die Spur von jener Hingebung und Milde, welche sie gegen Nanny geübt hatte, war mehr zu finden. Während der Mahlzeit äußerte Erik, daß er bei seiner Abreise nicht gehofft hätte, Nanny so frisch und munter wiederzusehen.

„Wenn Du etwas Derartiges befürchtetest," fiel Esther ein, „dann begreife ich nicht, daß Du reisen konntest. Deine Beunruhigung kommt mir daher etwas problematisch vor."

„Möglich, daß sie Dir so vorkommt, beste Esther; aber Nanny ist sicherlich überzeugt, daß ich beunruhigt gewesen bin. Sie weiß, daß ich zu ihr nie anders rede als ich denke."

Esther wurde plötzlich so heiß, als ob sie ein Fieber befallen hätte. Sie erinnerte sich an die Erzählung der Frau Pastorin von Eriks Jugendliebe zu Nanny.

Liebte er sie noch? Bei dieser Frage, die sich Esther stellte, sauste es ihr vor den Ohren, wurde es dunkel vor ihren Augen. Schmerz und Zorn erfüllten ihr Herz.

Zum ersten Male in ihrem Leben war Esther eifersüchtig.

Das Abendessen dauerte ihr eine Ewigkeit und es
däuchte ihr unmöglich, alle die Qualen in ihrer Brust
zu ertragen. Während sie Nanny vergötterte, war sie
glücklich gewesen und hatte den peinigenden Gedanken an
Eriks verrätherische und eigennützige Handlungsweise
vergessen. Aber jetzt erschien ihr dieselbe noch abscheu-
licher. Wenn sie Alles bedachte, war ihr Vater der Einzige, der sie aufrichtig liebte.

Endlich trennte man sich.

Als Erik Esther gute Nacht bot, sagte er:

„Soll ich Dich nach Deinem Zimmer begleiten?"

„Das ist überflüssig; ich bin umgezogen und habe
mein Schlafzimmer neben Nanny's. Sie küßte ihren
Vater und eilte Nanny nach.

Schwiegervater und Schwiegersohn blickten einander an.

„Du beträgst Dich thöricht, mein lieber Erik," sagte
der Erstere; Du läßt sie nach ihren Launen schalten, an-
statt daß sie Dir gehorchen sollte. Mache der Comödie
ein Ende, sonst geht es schlecht. Wende Kraft und Ernst

an und wenn nichts Anderes hilft, auch einen Machtspruch. Du wirst sehen, daß Euer Verhältniß ein ganz anderes wird, wenn Du ihr als ihr Herr und Mann gegenüber trittst."

„Ich will Esther zu nichts zwingen," antwortete Erik. „Da sie es selbst wünscht, daß wir einander fremd verbleiben, hat sie ein Recht, dies zu erwarten. Ich füge mich ihrem Wunsche."

„Unsinn! Unsinn! mein lieber Schwiegersohn," fiel Roman ein; „wenn ich so gehandelt hätte, wäre ich mit meiner Frau auch nicht glücklich geworden, denn sie war gleichfalls ein verzogenes Kind; aber ich brauchte von Anfang an meine Rechte als Herr des Hauses und wurde erst gut und nachgiebig, als sie gelernt hatte, meinen Willen zu achten."

Malmberg schwieg. Roman fand es für gut, Nichts weiter hinzuzufügen, sondern schied.

Allein geblieben, saß Erik lange in Gedanken versunken. Er starrte ins Leere, sprang dann plötzlich auf, nahm ein Licht, durchschritt die ganze Reihe der Zimmer, welche zur Linken lag, und blieb vor einer verschlossenen Thür stehen, welche seit seiner Hochzeit nicht geöffnet

worden war. Ein Paar Mal hatte Esther gefragt, wohin
sie führte, und stets zur Antwort erhalten, daß dahinter
die jetzt unbenutzten Arbeitszimmer seines Vaters lägen.
Erik schloß die Thür auf und trat in ein großes Eck-
zimmer, das allerdings wie ein Arbeitszimmer meublirt
war, aber nicht wie das eines Mannes, sondern wie das
einer Frau. Einen Augenblick stand er dort still, das
Licht hoch emporhaltend und murmelte:

„Nanny, Nanny, wie konnte ich je vergessen, was ich
Dir schuldig bin."

Er ging zu der gegenüber liegenden Thür und trat
in ein anderes Zimmer, dessen ganze Anordnung zu erkennen gab, daß es als Arbeitsstube von einem Mann
benutzt worden war. Ueber dem Sopha hing ein Gemälde. Es waren die Portraits zweier Frauen in Lebens-
größe. Er ging darauf zu und das Licht über dem Kopf
haltend, betrachtete er das Gemälde.

Die abgebildeten Damen waren jung und schön. Die
Eine saß und ihre rechte·Hand ruhte auf einem Tisch;
die Andere stand und lehnte gegen den Stuhl der
Sitzenden. In der Stehenden erkannte man Nanny.
Das Portrait sah aus, als sei es gestern gemalt worden,

eben so bleich und durchsichtig war ihre Haut, eben so schön und schlank ihr Wuchs. Sie bildete einen in die Augen fallenden Gegensatz zu der anderen Gestalt, einem üppigen Weibe mit junonischen Formen. Sie war reich und zierlich gekleidet, hatte goldene Locken, blendend weiße Schultern und große, etwas tief liegende dunkelblaue Augen, aus denen eine ganze Welt von Freude und Munterkeit strahlte. Um die schwellenden Lippen spielte ein übermüthiges Lächeln, welches die feine aber etwas stumpfe Nase nicht abschwächte. Ihre Farbe war blühend, klar und frisch, und deutete eben sowohl auf eine kräftige Gesundheit als ein fröhliches Gemüth. Ihr Gesicht verkündigte ein reges Seelenleben, ein feuriges Blut und die Fähigkeit, Alles zu genießen, was das Leben bot. Ihre Stirne war frei und unter ihren schönen Wölbung konnten nur edle und reine Gedanken wohnen. Sie war ein schönes Weib und je länger man sie betrachtete, desto schöner wurde sie.

Erik war im Anblick dieser Beiden versunken, die einander so unähnlich schienen und doch Kinder derselben Eltern waren. — Minute nach Minute verfloß, ohne daß Erik sich bewegte. Etwas Warmes, das seine Hand berührte, erweckte ihn aus seinen Träumen. Es war der alte Felix, des verstorbenen Vaters Lieblingshund, der seines jungen Herrn Hand beleckte. Erik sah den Hund an und murmelte:

„Du hier! Felix wedelte mit dem Schwanze und blickte ihn mit seinen klugen Augen an, als wollte er Etwas von ihm erbitten. Erik klopfte dem stummen aber treuen Freunde auf den Kopf und sagte:

„Komm, laß uns gehen, Felix," Du hast Recht; hier ist es nicht gut sein für uns."

Erik wandte sich von dem Gemälde ab und bekam durch diese Bewegung ein anderes Bild vor seine Augen.

Es war das Portrait seines Großvaters. Dieser Mann war berühmt gewesen wegen der Art und Weise, in welcher er seine Gruben und Hütten verwaltete und wegen der mannigfaltigen Verbesserungen, die ihm die Eisenfabrikation verdankte. Beim Anblick desselben wurde Eriks Stirn heller und er rief:

„Was sagst Du, mein Stammvater, daß einer Deiner Enkel eines Weibes wegen seufzt und klagt. Du verstehst eine solche Weichheit nicht, Du, der Du nur für Eisen und von Eisen lebtest. Gut, ich will versuchen, Deinem Beispiele zu folgen, will ehrgeizig werden; Lybo soll noch einmal ein Musterwerk sein, wie es zu Deiner Zeit gewesen.

Felix schlich um Erik herum und sprang freudig der Thür zu.

Zwölftes Capitel.

Esther war Nanny in ihr Schlafzimmer gefolgt und begann sofort sie mit Fragen zu bestürmen. Esther warf sich auf ihre Kniee und beschwor Nanny, ihr Nichts zu verheimlichen, sondern ihr offen zu sagen, ob Erik sie liebte. Sie hätte ja Kraft genug, um dies und mehr zu hören, wenn Nanny nur aufrichtig reden wollte.

Nanny empfing diesen Sturm von Bitten und Thränen mit vollkommener Ruhe.

„Bist Du Eriks wegen eifersüchtig?" fragte sie in einem Tone, der so wenig Gemüthsbewegung verrieth, daß er eisig erschien im Vergleich zu Esthers erregter Stimme.

„Eriks wegen eifersüchtig?" wiederholte Esther und wurde glühend roth, „wie kannst Du dergleichen voraussetzen. Es ist unmöglich, eines Mannes wegen Eifersucht zu fühlen, den man nicht liebt, aber ich will wissen, ob es die Liebe zu Dir ist, welche mir sein Herz geraubt hat.

Siehst Du nicht ein Nanny, daß ich ihm vergeben könnte, wenn er Dich liebte, und daß es eine Wohlthat für mich wäre, dies zu wissen!"

Nanny zog Esther an sich.

„Du bist ein Kind und kennst Dein eigenes Herz noch nicht," sagte sie. „Sieh mir ins Auge, Esther, und sprich, ob Du glaubst, daß ich mit Erik unter demselben Dache leben könnte, wenn er mich liebte. — Fühlst Du nicht, daß Deine Voraussetzung eine Beleidigung für mich enthält?"

Esther blickte in Nanny's Augen, sie glaubte darin die Bestätigung des eben Gehörten zu lesen.

„Verzeihe," stammelte sie, „nie sollen solche Gedanken wieder in meine Seele kommen. Nein, niemals." Sie schlang die Arme um Nanny's Hals und bedeckte Stirn und Augen mit ihren Küssen.

Nanny war nicht recht empfänglich für diese Lieb- kosungen, sie erwiederte sie zwar, aber ohne die sonstige Wärme. Esther's Zärtlichkeit schien ihr nicht ganz zu behagen.

„Setze Dich an meine Seite, Esther, sagte sie „und versuche ernsthaft zu bedenken, was ich Dir sage."

Esther setzte sich Nanny zu Füßen.

„Erik hat mich nie geliebt," nahm Nanny das Wort, „und Du darfst diese meine Worte nicht bezweifeln; aber was würdest Du sagen, wenn Du erfahren solltest, daß er eine Andere liebt?"

„Ich würde dies in vollkommener Uebereinstimmung mit seinem treulosen Charakter finden," erklärte Esther, die sich vergeblich bemühte, kalt und gleichgiltig zu erscheinen. „Theure Nanny," fügte sie hinzu, „laß uns nicht länger von Erik reden; Du weißt nicht, wie peinlich es mir ist."

„Dennoch müssen wir es thun," fiel Nanny ein. „Ich mißbillige Dein Betragen gegen Erik zu sehr, als daß ich nicht noch einmal versuchen sollte, Dich zu einer Aenderung desselben zu bewegen."

„Ich kann nicht," flüsterte Esther.

„Nicht einmal aus Liebe zu mir?"

„Nanny, Nanny, nicht einmal Deinetwegen vermag ich es. Bei Erik's Anblick fliehen alle freundlichen Gefühle aus meiner Brust, und ich bin meiner selbst nicht mehr mächtig. Seine Gegenwart bringt mich auf, ich werde übel gelaunt, sobald er seine Lippen öffnet; Alles,

was er sagt, erscheint mir Lüge. Es ärgert mich, daß
er so schön spricht, während er doch falsch und eigennützig
ist. Auf meinen Knien beschwöre ich Dich, nicht das Un-
mögliche von mir zu verlangen, und unmöglich ist es mir,
freundlich gegen ihn zu sein."

Trotz dieser Bitten bewies ihr Nanny, wie nothwendig es sei, daß sie sich Mühe gäbe, Erik's gute Eigenschaften und seinen wahren Charakter anzuerkennen. Es
war dies nach Nanny's Auffassung Esther's vornehmste
Pflicht."

Esther hörte ihr zu und weinte, erklärte aber immer
wieder, daß sie sich nicht ändern könnte.

Nanny sah ein, daß sie nichts auszurichten vermochte
und sagte nach einer Weile:

„Möge nie der Tag kommen, Esther, wo Du es be-
dauerst, meinem Rathe nicht gefolgt zu sein; ich fürchte
sehr, daß Du es einst bereuen wirst."

* * *

Früh am Sonntag Morgen begaben sich die Schwägerinnen zur Kirche. Esther wollte im Vorüberfahren ihre
Amme, die Frau des Küsters besuchen und Nanny ging

zum erften Male zu ihres Kindes Grabe. Sie verabredeten, einander in der Kirche zu treffen.

Nanny verweilte faft eine Stunde auf dem Kirchhofe. Sie betete und weinte lange Zeit. Als fie in die Kirche eintrat, war fie fehr bleich, aber fah beruhigt aus.

Als fich Nachmittags Efther, ihrer Gewohnheit treu, mit einem Roman zurückgezogen hatte, um ein wenig zu ruhen, faßen die Herren im Garten und rauchten. Einige Kaufleute aus der Stadt waren zu Mittag dagewefen und man unterhielt fich nur von Gefchäftsfachen.

Nanny hatte, als die Herren den Salon verließen, Ludwig ein Zeichen gegeben, daß fie mit ihm zu fprechen wünfchte, und er blieb zurück.

„Wenn Dir viel daran liegt, Dich mit Deinen Gäften über Ackerbau u. f. w. zu unterhalten," fagte Nanny, „dann will ich Dich nicht davon abhalten; fonft aber hätte ich Verfchiedenes mit Dir zu befprechen."

„Du zu befprechen?" fragte Ludwig, und feßte fich ihr gegenüber auf einen Stuhl. Nanny hatte ihr Geficht abgewendet, fo daß Ludwig nur das Profil deffelben fah. Diefes Profil war klaffifch regelmäßig.

„Ich glaube auf Ehre, fie hat die Abficht, mich zu

bezaubern," dachte Ludwig, welcher den Blick von dem schönen Profil nicht abwenden konnte.

„Mein bester Ludwig, Du scheinst Deinen Plan, Esther vor mir zu warnen und meinen Einfluß hier im Hause weniger gefährlich zu machen, aufgegeben zu haben, da Esther und ich noch immer die besten Freundinnen sind. Solltest Du zufällig Deine Meinung über mich geändert haben?"

„Nein, denn Du bist mir ein Räthsel, und ich hege deswegen Mißtrauen gegen Dich; aber ich will Dir nicht schaden," antwortete Ludwig, noch immer die Augen auf das halb abgewandte Gesicht gerichtet.

„Dann wundert es mich, daß Du Dich so passiv verhalten hast."

„Es sollte mich noch mehr wundern, wenn ich so unritterlich gewesen wäre, ein wehrloses Weib zu verfolgen, darum schweige ich, Nanny, aber ich bewache jeden Deiner Schritte."

„Und Du überläßt Esther meinem Einflusse?"

„Bis auf Weiteres; denn bis jetzt hast Du die Trennung zwischen Erik und ihr noch nicht vermehrt. Esther ist übrigens ein so verdrießliches Wesen, daß es mir gleich gilt, ob sie sich glücklich oder unglücklich fühlt. Jetzt denke ich nur an Erik. Er verdiente es, glücklich zu sein und wird es vielleicht, da er jetzt angefangen hat, sich so eifrig mit dem Hüttenbetriebe zu beschäftigen, daß es ihm schließlich gleichgiltig sein muß, ob es eine Esther giebt oder nicht."

Nanny stützte ihr Kinn auf die Hand und schwieg.

„Wie schön sie ist, die junge Hexe," dachte Ludwig.

„Die Feindschaft zwischen uns Beiden ist also zu Ende, und sie hätte sich vielleicht eines Tages in Freundschaft verwandelt, wenn ich nicht vielleicht bald von Lybo Abschied nähme," sagte Nanny.

„Gott verhüte es, daß Du uns verlassen solltest," rief Ludwig aus.

Nanny wandte plötzlich das Haupt. Die Blicke Beider begegneten sich.

„Es ist sogar wahrscheinlich, daß ich es sehr bald thun werde," äußerte Nanny.

Ludwig warf den Kopf zurück; ein ironisches Lächeln kräuselte seine Lippen.

„Ich hätte dergleichen vermuthen können," rief er aus.

„Um so besser. Bis auf Weiteres aber wollen wir dies

laſſen, und ich bitte Dich, mir vollkommen ehrlich die
Frage zu beantworten: Wie ſtand es mit dem Vermögen
meines Mannes? Was enthielt das Papier, was ich auf
ſeinen Wunſch unterzeichnen mußte?"

Ludwig ſchwieg.

„Ich verlange, daß Du ohne Rückhalt antworteſt,"
fuhr Nanny fort, „ſonſt werde ich auf gerichtlichem Wege
erforſchen, was ich jetzt wiſſen will. Es iſt Dir ſicherlich
bekannt, daß Magnus kurz vor ſeinem Tode eine lange
Unterredung mit Erik und dem Diſtrictsrichter H. hatte.
Eine Urkunde wurde aufgeſetzt, und mein Mann ließ mich
auffordern, ſie zu unterſchreiben. Die Urkunde, ſagte er,
enthielte ſein Teſtament, durch welches Erik zum Vormunde
und Verwalter von meinem und Olga's Erbe ernannt
würde. Dieſe Anordnung wurde deshalb getroffen, weil
Erik erſt nach funfzehn Jahren im Stande wäre, unſer
Capital aus den Beſitzungen herauszuziehen, falls er nicht
ſich und uns Alle zu Grunde richten ſollte. Magnus
ſtellte die Sache ſo dar, als ob ich durch Unterzeichnung
der erwähnten Urkunde Erik einen großen Dienſt leiſtete.
Erik ſollte für mich und mein Kind wie für ſeine eigene
Familie ſorgen. Ich ſollte mit Olga bei Erik wohnen.

Wenn ich mich wieder zu verheirathen wünschte, ginge ich der Erbschaft verlustig, und mein Kind erbte allein. Mein Mann starb; ich glaubte unbedingt an das, was er mir gesagt hatte und versuchte nicht, den Inhalt der Urkunde zu erforschen, sondern zog hierher in der festen Ueberzeugung, daß ich mit Olga einen Antheil von 40—50,000 Thalern an den Werken hätte. Kurze Zeit vor der Krankheit meines kleinen Engels erfuhr ich ganz unvermuthet, daß meines Mannes Antheil kaum 5000 Thaler beträgt. Jetzt will ich bestimmt wissen, wie sich dies Alles verhält?"

„Warum erkundigst Du dich nicht bei Erik?"

„Weil er mir nicht ehrlich antworten würde; nur ungern möchte ich auf gerichtlichem Wege hinter die Wahrheit kommen. Meines Mannes Testament hat keine gesetzliche Kraft, sobald ich Widerspruch erhebe und das werde ich thun, wenn Du Dich weigerst, die erbetene Aufklärung zu geben."

Nanny sprach mit sehr entschiedenem Tone.

„Nun wohl, Nanny, man hat Dir so ziemlich die Wahrheit gesagt. Erik schenkte Magnus 5000 Reichsthaler, nachdem er seine Vermögensverhältnisse geordnet hatte, damit Dir und Deinem Kinde ein kleiner Antheil in den Besitzungen bliebe. Schon zwei Jahre vor seinem Tode war Magnus vollkommen zu Grunde gerichtet und er lebte in dieser Zeit von Eriks Unterstützungen. Der unglückselige Zustand, in welchen unsere Geschäfte geriethen, war zum großen Theil von ihm verschuldet. Erik konnte nur durch eine reiche Heirath die Verhältnisse bessern. Schon bei meines Vaters Tode waren die Conjuncturen schlecht und Manches in Unordnung. Die Nothwendigkeit, den Antheil unserer Stiefmutter auszuzahlen, verursachte eine große Lücke in dem Betriebskapitale und diese wurde noch größer, als Erik für Magnus Wechselverbindlichkeiten eingehen und endlich zahlen mußte, um ihn vor offenem Bankerott und Pfändung zu bewahren. Die Geldverhältnisse unserer Besitzungen wurden dadurch so verschlimmert, daß nur die Anschaffung eines größeren Capitals uns retten konnte. Esther brachte dieses Capital."

„Mit anderen Worten will das sagen, daß ich gar nichts besitze," fiel Esther ein.

„Du hast immerhin die 5000 Thlr., welche Erik Deinem Manne ein Paar Tage von seinem Tode gab."

Es trat eine Pause ein, während welcher Ludwig weiter Gelegenheit hatte, Nanny's Profil zu bewundern.

„Auf welche Weise verschwendete Magnus all dieses Geld?" fragte Nanny, indem sie mehr zu sich selbst als zu Ludwig sprach. „Wir lebten in den drei letzten Jahren doch so eingezogen.

„Magnus hatte sich schon in seiner Jugend mit Schulden beladen und dann — spielte er. Die alten Schulden wuchsen in einer fürchterlichen Weise, weil er nicht verstand, sie zu ordnen, und was er noch besaß, verspielte er. Schon ehe er sich verheirathete war er zu Grunde gerichtet, ohne es selbst zu wissen. Unser Vater starb kurz danach. Alle Gläubiger stürmten nun auf Magnus ein; Erik mußte mit bedeutenden Opfern sein Vermögen ausscheiden und ihm hernach noch eine große Summe nach der andern verschaffen."

„Erik hat gegen seinen Bruder mehr als edelmüthig gehandelt," flüsterte Nanny.

„Glaubst Du, daß Erik aus Liebe zu Magnus sein eigenes Vermögen verschleudert hat?"

„Weßwegen denn?" fragte Nanny.

„Wozu diese Verstellung, Nanny? Du weißt ja, daß

es geschah, um Dich vor Armuth und Elend zu bewahren."

Wiederum wandte Nanny ihr Antlitz Ludwig zu.

Ludwig blickte ihr fest ins Auge und fuhr fort:

„Erik hat Dich geliebt und liebt Dich noch. — Glaubst Du, ich weiß das nicht?"

„Du eitler Thor, wie wenig weißt Du von all diesen Dingen," entgegnete Nanny stolz.

„Magnus hat es mir gesagt," antwortete Ludwig; „Magnus sprach auch den Verdacht aus, daß Du Erik liebtest und suchte meine Meinung darüber auszuforschen."

„Still, Ludwig, laß die Todten in Ruhe und versuche Dir über mich ein selbstständiges Urtheil zu bilden. Du warst nicht hier, als ich Deines Bruders Gattin wurde, aber Du solltest doch wohl wissen, daß man mit sechszehn Jahren noch keine kalte Berechnungen anstellt, sondern eher in Uebereilung handelt."

Nanny ging hastig aus dem Zimmer. Ludwig blieb sitzen und starrte durch das Fenster. Nach einigen Augenblicken sah er sie im Garten.

Roman verließ sofort die Gesellschaft der Herren und näherte sich Nanny.

„Welch ein Dummkopf bin ich gewesen," murmelte Ludwig; „jetzt werden wir sehen daß . . . daß . . . sie den Alten nimmt."

Roman bot Nanny seinen Arm und ging mit ihr die Treppe hinab nach der untern Allee.

„Jetzt wird das Spiel zu Ende geführt und Nanny hofft dieses Mal einen großen Gewinn davon zu tragen!" rief Ludwig aus und stand auf, um zu gehen.

„Was giebt es?" fragte eine klare Stimme aus dem tiefer gelegenen Theile des Zimmers und Esther trat hervor.

„Ah, Du bist schon munter; ich glaubte Du hieltest noch Deinen Mittagsschlummer," sagte Ludwig ironisch. „Warum bist Du heute eine ganze Stunde früher aufge-standen, als Du sonst zu thun pflegst?"

„Ich schlafe nicht am Tage, daß magst Du hiermit erfahren haben, antwortete Esther mit einer kurzen Nei-gung des Kopfes; „aber wo ist Nanny?"

„Sie promenirt Arm in Arm mit Deinem Vater im Garten. Lybo hat für alte Leute eine unheilschwangere

Luft, liebe Esther. Mein Vater verliebte sich mit einigen funfzig Jahren in Marianne, und ich fürchte, daß es Deinem Vater mit Nanny ebenso gehen wird, falls es ihm nicht schon so gegangen ist."

„Du bist doch stets derselbe," meinte Esther und verließ ihn.

Dreizehntes Capitel.

Es war Abend.

Esther saß am offenen Fenster ihres Schlafzimmers und las einen Brief. Nanny trat, ohne daß jene es bemerkte, ein; so vertieft war sie in den Inhalt des Schreibens.

Mit leisen Schritten näherte sich Nanny, stellte sich hinter Esther's Stuhl und warf einen Blick auf den Brief, den Esther so begierig las.

„Wer hat Dir geschrieben?" fragte Nanny.

Esther flog auf und verbarg das Papier an ihrem Busen. Sie war glühendroth geworden und vermochte nicht zu antworten.

„Ich glaube, Du willst mir nicht gestehen, daß Du mit Andreas Briefe wechselst," nahm Nanny wieder das Wort. „Du hast also ein Geheimniß vor mir."

Im nächsten Augenblick hatte Esther ihren Arm um Nanny's Hals geschlungen und flüsterte erregt:

„Andreas hat wirklich seit der Krankheit seiner Mutter einige Male an mich geschrieben; das ist wie Du weißt also schon sehr lange her, schon seit dem ersten Jahre meiner Ehe."

„Und Du hast ihm während dieser langen Zeit auch einige Male geantwortet?"

„Das that ich." Esther war bei diesem Bekenntniß dem Weinen nahe.

„Willst Du mir seinen Brief zeigen?" fragte Nanny. Esther schwieg.

„Du willst nicht?" Nanny wandte sich, um zu gehen.

„Bist Du unzufrieden?" fragte Esther.

„Ich gestehe es."

„Weil ich nicht will, daß Du seinen Brief liest?"

„Esther, eine Gattin, die Briefe von einem jungen Manne empfängt, welche sie nicht einem Jeden zeigen darf, ist sehr zu tadeln.

Nanny ging in ihr Zimmer. Esther ließ sie gehen. Eine ganze viertel Stunde verfloß. Ihre wirkliche Freundschaft und ihre eingebildete Liebe geriethen in Streit mit

einander. Endlich siegte die Freundschaft und Esther
folgte Nanny nach.

„Ich will keine Briefe mehr von Andreas annehmen,"
sagte sie und reichte der Freundin die Hand, „wenn Du
mir nur nicht zürnst. Schon morgen will ich ihn davon
benachrichtigen, bist Du damit zufrieden?"

Nanny war zwar nicht zufrieden, aber bei Esther's
Halsstarrigkeit gelang es nur mit vieler Mühe ihr das
Versprechen abzunehmen, daß sie den Briefwechsel ohne
weitere Benachrichtigung abbrechen und sich darauf be-
schränken wollte, Andreas' Briefe unbeantwortet zu lassen.

Nanny hoffte, daß Esther dies Versprechen halten
würde.

Es giebt indessen Versprechen, welche die Menschen
nie halten und zu diesen gehörte das von Esther gegebene.

Das Behagen, das der empfindet, welcher einmal von
der verbotenen Frucht gekostet, ist so groß, daß sehr viel
Selbstüberwindung dazu gehört, fernerem Genusse zu
entsagen. Esther konnte Nanny manches Opfer bringen,
aber ihretwegen nicht aufhören an Andreas zu schreiben.
Das Lesen seiner Briefe gewährte ihr einen zu großen
Genuß als daß Nanny einen so leichten Sieg davon

tragen sollte. Als sie in der Einsamkeit darüber nachzudenken und den Bruch ihres Versprechens vor sich selbst
zu rechtfertigen begann, fand sie dasselbe unbillig und
unnatürlich.

Nanny, die nie ein gegebenes Wort brach, zweifelte
nicht an Esther's Zuverlässigkeit. Sie sollte Lybo verlassen, aber sie fühlte, daß es für Esther sehr gefährlich
sei, allein zu bleiben. Durch die Entdeckung ihres Brief-
wechsels mit Andreas wurde es ihr nur zu klar, wie
unbekannt Esther mit den Pflichten war, die ihr als Erik's
Gattin oblagen.

Erik saß früh am Morgen am Pulte in seinem ab-
gesonderten Comptoirzimmer.

Nanny trat zu ihm ein; Erik wurde durch den Anblick
seiner schönen Schwägerin höchlichst überrascht.

Er erhob sich und ging ihr entgegen.

„Was führt Dich zu mir?" fragte er.

„Der Wunsch, mit Dir unter vier Augen zu reden,"
antwortete Nanny mit einiger Verlegenheit. „Es ist Zeit,
daß Du mir eine Erklärung giebst."

„Und was sollte eine Erklärung jetzt nützen," fragte Erik und warf einen kalten Blick auf das junge Weib.

„Nichts, wenn sie das Vergangene berührte, viel, wenn sie meine Vermögensverhältnisse betrifft. Ich weiß, daß mein Mann ein Bettler war, als er starb, daß Du seine Schulden bezahltest, ihm 5000 Thaler schenktest und es übernahmst für Olga und mich zu sorgen. Also nicht zu Deinem Vortheil, nicht um Dir Zeit zur Ordnung Deiner Geschäfte zu gewähren, mußte ich meinen Wohnsitz auf Lybo nehmen, sondern damit ich und mein Kind vor Noth und Elend geschützt wären.

Nanny richtete sich auf. Erik schlug seine Augen vor ihr zu Boden.

„Kannst Du, Erik, annehmen, daß ich, nachdem ich dies erfahren habe, länger auf Lybo verbleibe?" fragte Nanny.

„Und weßhalb nicht?" Eriks Angesicht nahm einen milden, fast bittenden Ausdruck an.

„Das fragst Du?" Nanny wurde purpurroth und ihre Augen blitzten. „Ich soll in Deinem Hause Gnadenbrod essen? Ich soll meinen Unterhalt von Dir empfangen? Nein, niemals; eher würde ich vor fremden Thüren betteln.

11*

Du wußteft, daß ich fo handeln könnte, und verfuchteft deßhalb, mich durch einen edelmüthigen Betrug zu täufchen. Ich aber kann weder, noch will ich die 5000 Thaler annehmen, die Du Magnus für uns gefchenkt haft."

„Nanny, diefes Geld hat mein Bruder empfangen; es gehörte ihm, als er ftarb und jetzt gehört es Dir."

„Mag fein nach dem Buchftaben des Gefetzes, aber nicht nach meinem moralifchen Gefühle. Ich fchenke fie zurück zum Beften der Lybo-Hüttenwerke. Dürfte ich vorausfetzen, daß ich jemals reich würde, dann bezahlte ich Alles, was Du für Magnus ausgegeben haft. Jetzt kann ich es nicht und deßhalb verlaffe ich Dein Haus.

„Nanny, Du haft dem Sterbenden gelobt, hier zu bleiben," rief Erik aus. „Du kannft nicht fort, Du bift durch Dein Gelübde gebunden."

„Das Gelübde wurde auf Grund einer Täufchung gegeben; vor der Wahrheit hat es keine Giltigkeit. Sprich nicht davon, daß ich hier bleiben foll, denn das ift jetzt eine Beleidigung."

„Du willft alfo Efther verlaffen, die Dich vergöttert. Du willft ein Haus verlaffen, wo Deine Gegenwart das

einzige einigende Band gewesen? Nanny gehorche nicht
so unbedingt Deinem Wahn!"

Nanny antwortete Nichts, sondern wandte sich zur
Thür mit den Worten:

„In der nächsten Woche reise ich." Ihre Hand erfaßte
die Thürklinke. Erik legte seine Hand darauf und sagte:

„Ehe Du gehst, sage mir, wer hat Dir mein und
meines verstorbenen Bruders Geheimniß verrathen? Ist
es Roman gewesen?"

„Er sagte mir, ich sei eine arme Wittwe, und hernach
war es mir leicht, die Wahrheit zu erforschen. Du weißt,
daß ich schon in meiner Jugend großes Geschick dazu
besaß."

„Ja, ja, er sagte Dir, daß Du arm seist, und weshalb?" Erik umschloß heftig Nanny's Hand. „Willst
Du, daß ich es sage?"

„Gern." Nanny entzog ihm ihre Hand und blickte
ruhig den Schwager an.

„Er wollte Dich zur Frau haben und glaubte, es
würde sein Vorhaben fördern, wenn er seinen Reichthum
Deiner Armuth gegenüberstellte. Ich kenne diesen Mann;
er hält es für unmöglich, daß Jemand der Versuchung,

reich zu werden, widersteht. Nun, Nanny, giebst Du ihm
Deine Hand?"

"Wenn Deine Vermuthung richtig wäre, würde dies
nur mich und Roman berühren. Es kann aber sein, daß
Du Dich irrst."

"Kann sein, aber ist es nicht. Er hat mir selbst
anvertraut, daß er es als einen großen Gewinn betrachten
würde, wenn er Dich zur Frau erhielte."

Nanny's Antwort war ein fast bittres Lachen.

"In einer Woche reise ich," sagte sie und da Erik
sie noch ferner hindern wollte zu gehen, fügte sie hinzu:

"Marianne ist dann in Kopenhagen und wünscht
mit mir zusammen zu treffen. Ich will ihrem Wunsche
nachkommen."

Dann wandte sie sich zu Erik.

"Ehe ich abreise, wünsche ich, daß Du einen Rath
anhörst und im Gedächtniß bewahrst, denn was ich zu
sagen habe, berührt nicht allein Dein, sondern auch eines
andern Menschen Wohl und Wehe. Wohl hast Du mir
verboten, in dieser Angelegenheit zu reden, aber was
kümmern mich dergleichen Verbote in dem Augenblicke,
wo ich Dein Haus verlasse. Es ist meine Pflicht zu

reden. Das Schicksal hat Dir zur Gattin ein liebens-
werthes Weib gegeben; wohl ist sie ein launenvolles, ein
verzogenes Kind, aber so reich an Gefühl und Gemüth,
daß Du den Schatz bewahren mußt, der Dir anvertraut
ist. Sie wird sich Dir nie nähern, nie versuchen, gute
Eigenschaften an Dir zu entdecken, nie Etwas thun, um
Euer Verhältniß zu ändern, weil sie meint, daß Du falsch
und eigennützig handelst. Als sie sich verheirathete, glaubte
sie geliebt zu sein und liebte wieder. Diese Liebe war
eine Knospe, die sich zur Blume entfalten konnte, aber
sie konnte auch vergehen aus Mangel an Pflege. Sie
kann endlich sterbend den Keim zu einer neuen hinterlassen, die nicht für Dich, sondern für einen Anderen
Blüthen trägt. Strebe, ihre Kälte zu überwinden, suche
auf, was ihr angenehm ist, sei zärtlich, aufmerksam, gut
und theilnehmend, und überlaß das arme Kind nicht
seinen Träumen, die zum Verderben für Euch Beide
führen könnten. Erik, Du bist vor Gott für Deine
Gattin verantwortlich, siehe wohl, daß Du sie fleckenlos
bewahrst. Ich habe Dich nun gewarnt, folge meinem
Rathe, wenn Du Deine Ehre rein erhalten willst."

Nanny verließ das Comptoir und ging über den

Fabrikhof, um in den Wald und von dort in den Park zu gelangen. Hier setzte sie sich unter eine Tanne und versank in tiefes Nachdenken.

Zwei Wege lagen vor ihr; welchen sollte sie einschlagen? Der Eine führte zu Reichthum und Unabhängigkeit, der Andere zu Arbeit und Sorge.

Für Stolz und Ehrgeiz war die Aussicht auf Unabhängigkeit verlockend, aber es widerstrebte Nanny's Selbstgefühl sich einem reichen Manne zu verkaufen. Sie überlegte nicht lange, ihr Entschluß war bereits gefaßt und sie dachte nur noch daran, in würdiger Weise den dornigen Weg zu betreten.

Schwerfällige Schritte näherten sich. Ein Mann mit breitkrämpigen Hut kam heran. Es war Gunnar.

„Guten Morgen, Nanny," grüßte er und blieb stehen. „Ich war eben im Begriff, Dich aufzusuchen. Du hast ziemlich unangenehme Entdeckungen in Bezug auf die Vermögens-Verhältnisse Deines verstorbenen Mannes gemacht, nicht wahr?"

Gunnar setzte sich und das Kinn auf seinen Stock stützend, blickte er Nanny mit seinen klugen Augen an.

„Onkel hat recht gerathen. Ich weiß jetzt, daß

Armuth mein Erbtheil gewesen und daß ich das Gnadenbrot in diesem Hause gegessen habe; hier zu bleiben ist
nicht möglich und gleichwohl fehlen mir die Mittel, um
fortzukommen. Ich kann eben so wenig von Erik Geld
nehmen, als sein Brot essen."

„Immer gleich stolz," murmelte der Alte.

„Ist mein Stolz auch jetzt am unrechten Platze?"
Nanny blickte den alten Mann mit fragenden Blicken an.
„Kann ich anders handeln?"

„Wohl kannst Du, aber Du wirst es nicht," fiel
Gunnar ein. „Du bist ein braves, uneigennütziges, auf-
opferungsfähiges, aber fürchterlich stolzes Weib. Du
glaubst dies Haus verlassen zu müssen, weil Du das
Brot, was Du issest, nicht bezahlen kannst. — Liebes
Kind, wenn Erik Dir bezahlen sollte, was er Dir schuldig
ist, er würde die Schuld mit seinem ganzen Vermögen
nicht abtragen können. In seinem Hause kannst Du nie
von seiner Gnade leben. Es sollte sogar Deine Pflicht
sein, Lybo nicht zu verlassen, denn ohne Dich ist Esther
vollkommen ohne Anhalt und Leitung und Erik wird so
unglücklich, daß . . . . er wahrlich zu bedauern wäre.

Bleibe hier und sei auch ferner die Vermittlerin zwischen ihm und ihr."

Nanny schüttelte mit dem Kopfe.

„Auch ich glaubte, daß mir eine Vermittlung zwischen Erik und Esther gelingen würde, aber nach fast zwei-jährigem vergeblichem Bemühen sehe ich ein, daß meine Anwesenheit nutzlos ist. Esther hat Augenblicke, in denen sie eifersüchtig auf mich ist; sie will es nicht sein und dennoch vermag sie nicht die Erinnerung an das was man ihr über mich gesagt hat, zu ersticken. Ich muß reisen."

Es trat eine Pause ein. Gunnar überlegte, was sie soeben gesagt und äußerte darnach:

„Vielleicht hast Du Recht. Die Malmberg's haben Alle eine Vorliebe für verbotene Früchte. Wie viel Geld brauchst Du?"

Fünfhundert Reichsthaler; ich werde nicht sofort eine passende Stellung finden und bis dahin muß ich leben."

„Du wirst demnach Marianne nicht aufsuchen?"

„Wir wollen uns in Kopenhagen treffen, aber nur kurze Zeit zusammen sein. Ich werde mich nie von meinen Verwandten ernähren lassen, sondern durch Arbeit meinen Unterhalt erwerben. Marianne soll eben so wenig durch ihre Schwester belästigt werden, wie Erik durch seine Schwägerin."

„Gut ich will Dir die fünfhundert Reichsthaler, welche Du brauchst, vorstrecken. In acht Tagen kannst Du darüber verfügen."

Nanny reichte Gunnar ihre Hand. Sie war zu bewegt, um sprechen zu können, und der Alte verstand diese stumme und doch so beredte Danksagung.

Vierzehntes Capitel.

Esther war, während die Unterredung zwischen Gunnar und Nanny stattfand, von Lybo fortgefahren. Sie machte ihrer Tante Caroline auf Grytshammer einen Besuch.

Als sie nach zweitägiger Abwesenheit zurückkehrte, kam sie in Begleitung ihres Vaters.

Sie sah froh und zufrieden aus, schalt auch Nanny, daß sie nicht mitgekommen, war entzückt, sie nach so langer Trennung wiederzusehen und meinte, daß das Leben ohne sie unerträglich wäre. Trotz der Aufrichtigkeit dieser Versicherungen lag eine gewisse Unsicherheit in Esther's Blick, so daß Nanny unwillkürlich Mißtrauen faßte. Esther schien etwas auf dem Gewissen zu haben, was die Freundin mißbilligen mußte und sie fing an, zu vermuthen, daß die plötzlich erwachte Lust, nach Grytshammer zu reisen, einen

andern Grund hätte als die Sehnsucht, ihre Tante wiederzusehen.

Deswegen Fragen zu stellen, fiel ihr nicht ein; sie
mußte aus frühen und bitteren Erfahrungen, daß Worte
nicht wirksam genug sind, um vom Genusse verbotener
Früchte abzuhalten.

„Esther wird ihr Reisezeug ablegen müssen, meine
ich," sagte Roman, nachdem sich ihre Freude, Nanny
wiederzusehen, etwas gemindert hatte. „Inzwischen gewährt mir Nanny eine besondere Unterredung," fügte er
hinzu.

Nanny willigte ein und Esther eilte auf ihr Zimmer.

Erik und Ludwig waren noch nicht von den Werken
heraufgekommen, so daß der Zeitpunkt zu einem tête-à-tête
sehr günstig schien.

Wir halten uns nicht für verpflichtet, über die Unterhaltung zwischen Roman und Nanny Auskunft zu ertheilen,
besonders da wir nicht so indiskret wie Ludwig sind und
uns unter das offene Fenster stellen, um zu lauschen. Er
war in seinen Bemühungen leider nicht glücklich, denn er
fing nur die letzten Sätze der Unterredung auf und diese

waren nicht sehr belehrend. Er hörte nämlich Roman
sagen:

„Meine Ergebenheit ist unwandelbar, vergiß das
nicht. Du kannst auf mich in allen Fällen zählen."

„Ich bin sehr dankbar für diese Ausführung," antwortete Nanny.

„Er hat ihr „Ja" bekommen, dachte Ludwig. „Meine
schöne Schwägerin verleugnet also ihren Charakter nicht,
und ich Narr fing schon an, mir einzubilden, daß ich mich
in ihr geirrt hätte."

Ludwig preßte die Lippen zusammen und murmelte:

„Man soll sich nicht durch die freundlichen und schmei-
chelnden Bewegungen einer Katze täuschen lassen, warum
sollte ich mich von ihr täuschen lassen? Nein! Ich will
diesem Doppelwesen, das Nanny so vorzüglich dar-
stellt, ewig mißtrauen. Jetzt sehe ich das eigennützige
Weib in ihrer wahren Gestalt."

Ludwig trat in den Salon.

Nanny saß im Gespräch mit Esther am Fenster,
welche letztere eine äußerst betrübte Miene machte.

Erik und Roman gingen im Zimmer auf und ab;

es schien Ludwig, als hätte Roman's Stimme einen eigen-
thümlich zitternden Klang.

Der Salon war wie gewöhnlich am Abend reich erleuchtet. Ueber Nanny's Antlitz aber lag ein Dunkel,
welches es unmöglich machte, darin zu lesen.

„Ludwig," rief Esther und winkte ihn zu sich, „weißt
Du schon, daß Nanny mich und Lybo verlassen will?"

„Ich habe dergleichen geargwöhnt," antwortete Ludwig.
Nanny's Wittwenjahr ist längst vorüber und Nichts natürlicher, als daß sie sich wieder verheirathet."

Nanny blickte, ohne zu antworten, hinaus in die
mondhelle Augustnacht. Esther sprach für sie.

„Das ist nicht wahr, Nanny denkt nicht daran."
Ludwig lachte laut auf.

„Du bist recht einfältig, gute Esther," sagte er.
„Glaubst Du, daß Nanny irgend Jemand in ihre Gedanken und Vorsätze einweiht, dann irrst Du Dich."

„Ja mich! Nicht wahr, Nanny, Du hast kein Geheimniß vor Deiner Esther?"

Die junge Frau beugte sich vor und blickte Nanny
in's Auge.

„Du Esther mußt am besten wissen, daß man vor

einer Freundin kein Geheimniß haben darf," antwortete
Nanny, stand auf und ging nach dem Sopha. Sie nahm
eine Handarbeit vor.

„Ludwig, hilf mir, Nanny zu überreden, daß sie ihren
Beschluß ändert," sagte Esther, indem sie ihrer Schwägerin folgte.

„Erlaube, daß ich das nicht thue. Nanny's Beschluß, fortzugehen, ist sehr klug, und Gott bewahre mich,
sie davon abhalten zu wollen."

Esther wurde böse. Ludwig mußte den Ausbruch
ihres Zornes ertragen; sie vergaß, daß sich ihr Vater und
ihr Mann im Nebenzimmer befanden, und erklärte mit
lauter Stimme Ludwig für den unhöflichsten Menschen
von der Welt. Sie sagte, daß er weder vor Gott noch
Menschen sein Verhalten gegen Nanny verantworten
könnte, und daß auch nur ein Malmberg im Stande sei,
sich so zu betragen, wie er gethan. Nach diesen heftigen
Worten eilte sie zur Thür hinaus.

Nanny hatte geschwiegen und keinen Versuch gemacht,
Esther zu unterbrechen. Sie arbeitete weiter, als ob
Nichts geschehen wäre.

Erik und Roman hatten ihre Wanderung unterbrochen und auf die Worte der jungen Frau gelauscht; aber ohne sich über den Auftritt zu äußern, begannen sie wieder im Zimmer auf und ab zu gehen. Ludwig blieb neben dem Sopha sitzen und unterhielt sich damit, einen Faden zu zerschneiden, den er von einer Zwirnrolle ab= wickelte. Der Klang der Schritte und Stimmen im Neben= zimmer war einige Minuten lang das Einzige, was die Stille unterbrach.

Nanny legte endlich ihre Arbeit von sich und sagte mit einem sonderbaren Lächeln zu Ludwig:

„Ich muß wohl gehen, um Esther zu beruhigen und zu besänftigen, da es ja Dein Anfall auf mich gewesen ist, der sie zum Zorne reizte."

Nanny erhob sich.

„Verzeihe einen einzigen Augenblick," bat Ludwig.

„Was hast Du mir zu sagen?"

„Ist Alles zwischen Dir und Roman abgemacht?"

„Ja."

„Du wirst — — —" Ludwig beugte sich nieder, um die Zwirnrolle, die ihm entfallen war, wieder aufzunehmen.

„Nicht seine Frau," antwortete Nanny ruhig.

Das Blut stieg Ludwig zu Kopfe, wahrscheinlich in

Folge davon, daß er sich niederbeugte. Es wurde ihm schwer, die Rolle wiederzufinden, und als es ihm endlich geglückt war und er sich erhob, war Nanny verschwunden.

Eines Tages kamen Briefe für Esther und Nanny an. Die ganze Familie war im Salon versammelt, als Ludwig sie ihnen überlieferte.

Esther erröthete beim Empfange des ihrigen und steckte ihn unerbrochen in ihre Tasche, während Nanny ihren Brief sofort öffnete und las.

„Ich habe einen Brief von meiner Tante, der Frau Oberst Gyllenspets erhalten, die nach langwieriger Krankheit blind und lahm geworden ist. Sie läßt bei mir anfragen, ob ich nicht zu ihr kommen und sie in ihrem Unglück unterstützen will."

„Und was für eine Antwort denkst Du zu geben?" fragte Esther.

„Hier kann wohl nur eine Antwort in Betracht kommen, und zwar die, daß ich kommen werde. Sobald ich meine Schwester getroffen habe, reise ich zu der armen Blinden. Sie nahm mich bei meines Vaters Tode zu sich, und ich kann nun eine alte Schuld abtragen und erfülle gleichzeitig eine Christenpflicht."

„Woran denkst Du?" fiel Erik ein; „die alte Gyllen-spets hat Dich in Deiner Kindheit schändlich behandelt und ist in ihrem Alter sicherlich nicht liebenswürdiger ge-worden. Ich bitte Dich, Nanny, bringe nicht ein Opfer, das Dein Leben verbittern würde."

„Verzeihe mir, Erik, Opfer können unser Leben nicht verbittern, sondern gewähren stets Befriedigung. Ich werde die alte Tante pflegen, bis sie keiner Pflege mehr bedarf. Vorher will ich aber gleichwohl Marianne wiedersehen."

Erik und Nanny geriethen in einen lebhaften Mei-nungsstreit. Er wollte sie überreden, von dem freiwilligen Märtyrerthum zurückzustehen, während sie zu beweisen suchte, daß von einem solchen nicht die Rede sei.

Während dessen hatte Esther sich entfernt und war in ihr Cabinet gegangen. Hier las sie den Brief, den sie empfangen.

Er war mit all' der leidenschaftlichen Gluth geschrieben, worüber ein verliebter junger Mann verfügen kann. Der Schreiber befand sich offenbar in so erregter Gemüths-stimmung, daß diese ihren Höhepunkt erreicht zu haben schien. In wie überschwenglicher Weise versicherte er sie nicht seiner Liebe.

Und wie lieblich klang eine solche Versicherung in Esther's Ohr. Sie sah den Tag herannahen, an welchem sie alle ihre Zuneigung auf Andreas übertragen würde. Dann war sie gerächt. Die Bande, welche sie an Erik fesselten, mußten früher oder später zerreißen und Erik mußte zu der Einsicht kommen, daß sie ein größeres Interesse verdiente, als das, welches der Eigennutz zu erzeugen vermag.

Das waren Esther's Gedanken. Ihr erschien Andreas' Brief als eine Quelle der Freude, und dennoch war er nur ein Balsam für ihre verletzte Selbstliebe.

* * *

Nanny hatte Abschiedsbesuche gemacht und befand sich auf der Heimfahrt, als sie nahe den Werken Ludwig begegnete. Er winkte dem Kutscher, anzuhalten.

„Erlaubst Du, Nanny, daß ich mitfahre?" fragte er.

Nanny erlaubte und Ludwig stieg ein.

„Du willst morgen reisen?" fing Ludwig an.

„Ja wohl, und ich denke Dir damit ein Vergnügen zu bereiten."

„Wie wird Esther ohne Dich leben können?"

„Ich hoffe gut. Du haft ja gesagt, daß Alles besser werden würde, wenn ich erst fort wäre."

„Nanny, ich weiß jetzt nicht, was ich von Dir halten soll; habe ich Dir Unrecht gethan, oder bist Du — —"

„Ein schlau berechnendes Weib," unterbrach ihn Nanny. Nimmst Du dies an, dann kommst Du nicht in Gefahr, meinen Charakter zu idealisiren."

„Ich fürchte dies nicht mehr annehmen zu können," antwortete Ludwig mit einem schwerfälligen Lächeln.

„Man kann, was man will, und es pflegt nicht schwer zu sein, schlecht von seinem Nächsten zu denken."

„Du zürnst mir, Nanny?"

„Nicht im Geringsten, aber ich wünsche, daß Du in Deinem Urtheil über mich unerschütterlich bleiben mögest. Du mußt dasselbe auf so genaue Beobachtungen gegründet haben, daß es unmöglich ist, an demselben zu ändern, sonst hätteft Du wohl nicht so vielen Anderen von Deiner netten Auffassung meines Charakters Mittheilung gemacht."

„Nanny, jetzt bist Du ungerecht. Ich habe Dich in der letzten Zeit nicht angegriffen. Was mein Urtheil über Dich betrifft, so habe ich mir kein anderes bilden können. Du liebteft Erik und heirathetest Magnus, weil er ver-

mögend erschien. Du warst Ursache, daß Erik, um sich
zu trösten, in's Ausland ging, und endlich machtest Du
Deinen Mann so wenig glücklich, als möglich."

„Ich habe Dich nicht für so kurzsichtig gehalten,"
äußerte Nanny gleichgiltig, „aber das mag auch sein Gutes
haben. Ich will versuchen, mich mit Deinem unfreund-
lichen Urtheil zu versöhnen."

„Nicht so, Nanny!" rief Ludwig aus und ergriff ihre
Hand. „Ich kann mich geirrt haben, Du bist vielleicht
die edelste der Frauen."

„Vielleicht," wiederholte Nanny und heftete ihre
Augen auf Ludwig. Sein Gesicht wurde von Purpur be-
deckt, als er ihrem Blick begegnete.

„Da ich als Wittwe Deines Bruders Haus betrat,
wünschte ich, daß wir Beide, Du und ich, redliche Freunde
würden; jetzt halte ich es für besser, daß Alles so bleibt,
wie es in den letzten zwei Jahren gewesen ist."

Ludwig schwieg.

Der Wagen hielt an der Freitreppe und Ludwig war
Nanny beim Aussteigen behilflich; er äußerte dabei:

„Du bist sehr scharfsichtig, Nanny, und ich billige,

was Du eben gesagt haft. Freunde können wir nicht werden, laß uns auch künftig Feinde sein."

Ludwig sah sie an. Nanny lächelte, statt zu antworten.

Am nächsten Tage war Nanny von Lybo fort und Esther in Verzweiflung.

Ende des ersten Bandes.

Buchdruckerei W. Koebke, Berlin, Zimmerftr. 96.